선마님,

부활

하셨도다

천마님, 부활하셨도다 12

정영교 新무협 판타지 소설

초판 1쇄 찍은 날 § 2017년 12월 6일
초판 1쇄 펴낸 날 § 2017년 12월 13일

지은이 § 정영교
펴낸이 § 서경석

편집책임 § 신보라

펴낸곳 § 도서출판 청어람
등록번호 § 제387-1999-000006호
등록일자 § 1999. 5. 31
어람번호 § 제2-2734호

주소 § 경기도 부천시 부일로 483번길 40 서경B/D 3F (우) 14640
전화 § 032-656-4452 팩스 § 032-656-4453
http://www.chungeoram.com
E-mail § chungeorambook@daum.net

ISBN 979-11-04-91569-7 04810
ISBN 979-11-04-91193-4 (세트)

천마님,
부활
하셨도다

정영교 新무협 판타지 소설
FANTASTIC ORIENTAL HEROES

12

도서출판 청어람

目次

78장

검흔

천마와 오황인 양대 고수가 보여준 대결은 그야말로 경천동지라고 할 수 있었다.

엄청난 대결의 여파에 놀란 마교인들은 일사불란하게 금지의 근처로 모여들었고, 허공에서 경공을 펼치는 그들을 발견했다.

세 사람이 부딪치는 것만으로 퍼져 나오는 기의 파동이 너무 강해 그 주변 반경으로 누구도 진입하기 힘들 정도였다.

가장 가까이에서 관전하고 있는 천극염조차도 검강으로 검막을 만들어내 여파를 막아야 했다.

마교인들은 천마의 발밑에 엎드린 두 절대 고수를 보면서 흥분을 감출 수 없었다.

자신들의 조사야말로 진정한 절대자이자 무림에 있어서 지존임을 다시 한 번 각인했기 때문이다.

"와아아아아아!"

대결이 끝났을 때 마교의 성내가 함성으로 떠나갈 듯했다.

구양경이나 성진경은 졸지에 천마를 위한 배경이 된 느낌에 기가 찼다.

괜한 천마의 도발에 넘어가서 대결을 한 자신들만 바보가 된 꼴이다.

구양경은 오른손을 잃었고, 성진경은 열두 자루의 보검 중 세 자루를 제외한 모든 검을 잃었다.

다만 한 가지 얻은 것이 있다면 더욱 높은 경지에 오른 고수와의 대결로 새로운 깨달음에 대한 실마리를 얻었다는 점이다.

하나 그렇다고 잃은 것들이 돌아올 리는 없었기에 처참해진 그들이다.

허탈해하는 두 사람을 바라보며 천마가 아무렇지도 않게 중얼거렸다.

"보상은 해줘야겠군."

초유의 대결이 벌어진 지 만 하루가 지났다.

불만이 있을 수도 있는 상황이었지만 다행스럽게도 마교에는 중원에서 신의라 불리는 두 명의 의원이 있었다.

그중 구양경에게 가장 필요한 사람은 괴의 사타였다.

괴의당(怪醫堂).

대전의 서편에 자리하고 있는 괴의당은 사타가 기거하면서 운영하는 의관이다.

무공 이외에 독으로도 명성을 달리하는 서독황이 온다는 말에 사타가 버선발로 나와 그를 맞이했다.

"켈켈, 이렇게 독의 최고봉이라 불리는 서독황을 뵙게 되어 영광이오."

"…크흠, 반갑소. 백타산장의 구양경이라고 하오."

안대를 하고 있는 외눈의 볼품없는 사타의 모습에 신뢰성이 떨어지는 구양경이다.

하지만 천마와 동검귀 성진경의 팔을 접합했다는 말을 들었기에 지푸라기라도 잡는 심정으로 괴의당으로 들어갔다.

'이 늙은이가 정말 팔을 접합할 수 있을까?'

구양경의 눈빛은 여전히 불신으로 가득 차 있었다.

외과의로서는 약선보다도 훨씬 뛰어난 의술을 자랑하는 괴의 사타는 잘린 팔을 접합할 수 있는 기술을 가지고 있다.

"서독황께서는……."

"구양 장주라고 불러주시오."

"켈켈, 구양 장주께서는 잘린 손을 가지고 있소이까?"

가지고 있을 리가 없었다.

처음부터 없던 것처럼 그의 오른손은 완전히 소멸되었다.

"크흠, 그럼 타인의 것으로 접합해야겠구려."

"타인?"

"켈켈, 따라와 보시오."

타인이라는 말에 의아했지만 구양경은 말없이 사타의 뒤를 따라갔다.

지하실로 들어가니 일층에 있을 때와 다르게 찬 기운이 올라왔다.

'얼음 창고라도 만들어놓은 것인가?'

예상대로 지하실의 문을 여니 넓은 공동이 드러났다. 창고 전체의 바닥과 천장, 벽, 기둥들이 얼음으로 만들어져 있었다.

얼음으로 이루어진 공간이었기에 어둠을 밝히기 위해 기둥 벽마다 야광주를 박아두었다.

"허어!"

구양경의 입에서 묘한 탄성이 흘러나왔다.

소름 끼치게도 지하 얼음 창고엔 수많은 시신들이 가득했다.

"이것들은?"

"혈교 백팔 대주들의 시신이라고 들었소."

구양경이 더욱 운이 좋은 것은 이번 전쟁이 끝나고 마교에서 혈교의 술법을 파헤치기 위해 죽은 백팔 대주들의 시신을 얼려서 가져왔다는 점이다.

북해의 단가 일족이 설한신공으로 얼려준 덕분에 시신들이 부패하지 않고 무사히 십만대산으로 옮겨올 수 있었다.

"설마 이 시신 중에?"

뒷말은 차마 나오지 않았다.

사타가 신이 난다는 표정으로 답했다.

"이렇게 많은 데서 맞는 게 하나쯤은 있을 테니 걱정 마시게. 켈켈."

"끄응!"

설마 적의 시신에서 팔을 잘라서 접합할 줄은 몰랐다.

"구양 장주의 무공이 높기 때문에 화경의 고수만큼은 혈맥이나 기경이 통해야 접합할 때 무리가 없을 것이오."

이렇게 말을 하니 차마 거부하기도 힘들었다.

적의 육신이기에 찜찜하기는 하지만 없는 것보다 나았으니 구양경은 시신들 중에서 자신과 신경이나 혈액이 맞는 것을 찾아서 접합 수술을 받기로 하였다.

한편, 동검귀 성진경은 마교 내에 있는 대장간에 가 있었다.

북해에서 혈교와의 전쟁에 지원을 내려온 것은 단가의 일족만이 아니었다.

궁가의 대성사인 궁회원과 궁가의 장로들도 같이 내려온 참이다.

초조한 얼굴로 성진경이 바라보는 사람은 부서진 검 조각들을 맞추고 있는 궁회원이었다.

비어 있는 검 틀에 조각을 하나씩 넣어가며 일일이 대조해 맞추고 있었다.

"흐음."

벌써 두 시진 가까이 부러진 조각들을 맞추느라 시간을 보낸 궁회원이다.

열두 자루의 보검 중에서 유일하게 무사한 세 자루와 산산조각이 난 네 자루의 검이 있었다.

"포기하는 것이 어떻겠습니까?"

"안 됩니다. 이 검들은 내게 과거를 이어주는 유산과도 같소."

이 말에 이런 고생을 하고 있는 궁회원이다.

사실 천마가 성진경에게 궁가의 대성사인 궁회원을 소개시켜 준 이유는 새로운 보검 주조를 부탁하기 위해서였다.

완전히 소멸한 다섯 자루의 보검이야 그리하면 된다지만, 성진경은 네 자루에 대한 미련이 굉장히 강했다.

그 이유는 부러진 네 자루 중에 아내가 쓰던 검과 사부가 물려준 검이 있었기 때문이다.

"얼추 되었구나."

한참을 고생한 끝에 궁회원은 조각난 검들의 형태를 맞출 수 있었다.

물론 이것이 끝이 아니었다.

"다행히 부서진 조각 중에 잃어버린 것은 없는 것 같네요."

"검을 되살릴 수 있겠소?"

궁회원은 중원을 통틀어서 검 주조 능력이 세 손가락 안에 들 만큼 탁월한 장인이었다.

만년한철을 다루고 현천검조차 복원시킨 그에게 부서진 검들을 다시 이어서 주조하는 것은 어려운 일이 아니었다.

"가능은 합니다만, 검심이 부러졌기 때문에 복원하려면 적어도 일 년 정도는 걸립니다."

다만 기간이 오래 걸린다는 것이 문제였다.

단순한 검이라면 모르겠지만 성진경의 검 역시도 현철로 만들어진 보검이었다.

그래도 검을 되살릴 수 있다는 말에 성진경의 얼굴이 한결 밝아졌다.

고마운 마음에 두 손을 모아 정중히 고개를 숙여 포권했다.

"아닙니다. 그분의 부탁인데 이 정도는 해드려야죠."

"아, 혹시 말이오."

고맙다는 인사와 함께 대장간을 나서려던 성진경이 뭔가 더 부탁할 게 생각났는지 조심스러운 목소리로 눈치를 보며 물었다.

"혹시 이 검들과 같은 검 다섯 자루를 더 만들 수 있겠소?"

"네?"

"원래는 열두 자루였소."

"열두 자루요? 흐음, 이 검을 만든 주조술이 독특하긴 하지만 그리 어려운 일은 아닙니다."

"그럼 다섯 자루를 더 부탁드리겠소."

그 말에 궁회원이 인상을 찌푸리며 물었다.

"시간이 좀 더 걸려도 괜찮겠습니까?"

성진경이 괘념치 말라며 고개를 끄덕였다.

어차피 남는 것이 시간이었다.

부탁을 마친 성진경이 경쾌한 발걸음으로 대장간을 나가자, 남아 있던 장로들이 난감한 표정으로 궁회원에게 말했다.

"대성사, 그럼 한동안 계속 중원에 있어야 하는 겁니까?"

"…그렇게 되었네요."

장로들이 씁쓸한 얼굴로 고개를 절레절레 저었다.

지원을 나온다는 생각으로 단가를 따라왔다가 일 년이 넘게 붙잡히게 생겼다.

두 절대 고수가 그렇게 각자가 잃은 것을 되찾을 수 있는 기회를 얻은 사이, 천마는 현화단주의 집무실에서 단주 매선화와 독대하고 있었다.

뻐끔뻐끔!

곰방대를 물고 편안한 자세로 의자에 두 다리를 걸쳐 올린 천마가 입에서 동그란 연기를 내뱉으며 물었다.

"그래, 그 일은 어떻게 되었지?"

"말씀하신 대로 서쪽의 산들을 뒤졌는데 그 동굴이 발견되었습니다."

그녀는 천마의 명을 받고 산서성 남서쪽과 섬서성의 동쪽, 그리고 호북성의 북쪽에서 현화단원들을 비롯한 지부의 사람들을 동원해 동굴을 찾았다.

그것은 퇴각한 혈교의 흔적을 찾기 위해서였다.

"어디지?"

"섬서성의 동남쪽 부근에 있는 여산에 있었습니다."

"드디어 꼬리를 잡았군."

혈뇌의 함정에 빠져 무너지는 지하 동굴에서 죽을 뻔한 위기에 처했던 천마는 몸을 회복한 즉시 그들의 퇴각 흔적을 찾게 했다.

아무리 철두철미한 그들이라고 해도 그 많은 인원이 지나간 흔적을 처리하진 못했을 거라고 확신했기 때문이다.

"그런데 조사님, 문제가 있습니다."

"뭐가 문제라는 거지?"

"그게……."

심각한 표정을 짓고 있는 그녀를 보니 뭔가 큰 문제인 듯했다.

천마가 말없이 눈썹을 치켜 올리자 그녀가 말을 이었다.

"누군가 먼저 퇴각하는 혈교의 무리를 습격한 것 같습니다."

"뭐?"

"동굴 내부로 들어가 보니 족히 수천에 달하는 시신으로 가득했습니다."

"수천? 그게 동굴 안에서 벌어진 것이냐?"

"대부분의 시신이 입구 쪽, 아니, 그들에게는 출구이겠군요. 출구 쪽에 있는 것으로 보아 달아나려고 애를 쓴 것 같았습니다."

"출구 쪽에서 벌어졌다……."

"아무래도 매복하고 있던 적들에게 기습을 당한 것 같습니다."

매선화의 말에 천마가 이해할 수 없다는 표정을 지었다.

누군가 미리 사전에 동굴에서 매복을 하고 있다가 쳤다고 하는데, 혈교가 비록 퇴각하고는 있다고 해도 그 수가 족히 이만에 달했다.

더군다나 수십 명의 화경의 고수들이 있는데 그들을 습격한다는 것은 쉬운 일이 아니었다.

"이상하군. 사파 연맹은 혈교의 다른 무리와 전쟁을 벌였다고 하지 않았나?"

"그렇습니다."

전쟁이 끝난 후 하남성과 산동성의 경계 지점에서 벌어진 전쟁의 흔적을 발견했다.

만 구가 넘는 시신을 발견했기 때문에 사파 연맹의 모든 전력이 이쪽으로 집중되었다는 것을 알 수 있었다.

"삼대 세력 이외에도 혈교를 상대할 만한 전력이 있다고?"

의문점은 두 가지였다.

그들을 상대할 만한 전력을 갖춘 세력이 없다는 것이 첫 번째이고, 두 번째는 혈교가 퇴각하는 경로에 미리 매복했다는 것 자체가 말이 되지 않았다.

"…그렇다면 내부적으로 반란이 일어났거나, 혹은 퇴각하는 혈교의 무리에 숨어 있어야만 가능할 텐데."

"아!"

얼마 되지 않는 정보로 이 정도까지 추측해 내자 매선화가 놀라움을 감추지 못했다.

사실 그녀도 한 가지 이상한 사실 때문에 천마와 같은 추측을 했으나, 현실적으로 절대로 무리라고 단정 지었기 때문에 매복으로 결론을 내린 것이다.

"이상한 점이 하나 있었습니다."

"그게 뭐지?"

"…좀 말이 되지 않습니다만, 모든 시신의 상처가 마치 단 한 사람의 검수가 저지른 것처럼 동일했습니다."

"뭣?"

동일한 검상이라는 말에 천마의 눈이 커졌다.

그의 머릿속에 북해에서의 일이 빠르게 스쳐 지나갔다.

당시에도 무림맹의 북부 정예병들이 의문스러운 사고로 죽임을 당했다.

죽은 북부 정예병 천 명의 시신에 동일한 검흔이 남아 있었는데, 이번에도 그렇다고 한다면 그때와는 완전히 상황이 달랐다.

일류 고수들로만 이루어진 정예병들과 화경의 고수들이 우글거리는 혈교의 정예는 그 수준을 비교하기가 힘들다.

'…한 놈이라고?'

섬서성 동남쪽 여산에서 동굴을 발견한 것은 현화단 섬서성 지부의 지부장인 혜연이었다.

혜연은 현화단원들과 섬서성에 있는 마교 지부의 교인들과 함께 산을 수색하다 우연하게 동굴을 찾아내게 되었다.

평범한 동굴에는 이면이 숨겨져 있었다.

우연히 바닥에 검집을 떨어뜨리지 않았다면 그냥 넘어갈 뻔했다.

바닥의 울림이 다르다는 것을 감지한 혜연은 숨겨진 장치를 찾았고, 동굴 바닥에 숨겨진 지하 통로의 문을 발견해 냈다.

통로를 찾아낸 그녀는 긴급 연통을 넣어 섬서성에 있는 모든 교인을 호출했다.

이백여 명이나 되는 교인들이 빠르게 여산으로 집합했다.

"그들의 의견이 전부 동일하나?"

"네. 상처 부위를 살펴본 결과 검흔이 너무 비슷하다고 하더군요. 심지어 검이 파인 깊이부터 시작해 모든 것이요."

수색을 맡은 교인 중에는 일류 고수도 포함되어 있었다.

그들의 무위로는 검흔만으로 더 자세한 것을 알아내기 힘들었으나 적어도 모든 상처가 소름이 끼칠 만큼 비슷하다는 의견은 같았다.

"시신들을 가져왔나?"

"네. 현화단의 지하실에 열 구 정도 옮겨놨습니다."

너무 많은 시신을 한 번에 옮기기 힘들었기에 우선적으로 열 구를 옮긴 것이다.

천마에게 직접 확인시켜 주기 위해서였다.

매선화의 안내를 받아 천마는 지하에 있는 시신들을 확인하러 내려갔다.

일렁이는 횃불의 불빛 아래 열 구의 시신이 놓여 있었는데, 하나같이 잔혹한 검상에 의해 죽임을 당했다.

"그나마 멀쩡한 시신들입니다."

어지간한 시신들은 반 토막이 나거나 여러 토막이 나 형체를 알아볼 수 없을 만큼 갈라져 있었다.

그나마 멀쩡한 것들을 가져와야 검흔을 연결해서 볼 수 있었다.

"흠."

천마가 시신들에게 다가가 하나하나 살펴보기 시작했다.

확실히 검흔들은 하나같이 비슷한 느낌을 주고 있었다. 이 것은 그냥 단순하게 살펴보았을 때의 느낌에 불과했다.

'북해에서 본 시신들과 다르군.'

그 당시 무림맹 북부 정예무사들의 시신을 살폈을 때는 검흔에 검기가 어느 정도 남아 있었기에 한 사람의 소행이라 확신할 수 있었다.

그러나 지금 검흔들은 육안으로 검기나 어떠한 것도 느껴지지 않았다.

검의 고수가 살수를 펼칠 때 검날에 피가 묻지 않는 것과 같았다.

스윽!

시신들을 쳐다보던 천마가 시신의 검상에 직접 손을 가져다 댔다.

검상을 만지는 천마의 눈매가 날카로워졌다.

'…이건 분명히.'

검선의 유성검법의 검흔이었다.

선기가 넘치고 정의로운 검의를 내포하고 있는 유성검법이 아니라, 극도의 살의를 머금은 잔악한 검의였다.

천마는 자신도 모르게 오른팔 어깨를 매만졌다.

'그때의 그 검흔과 흡사하다.'

괴의 사타가 처음으로 자신에게 보여준 북호투황의 팔.

팔의 잘린 단면에서 살의가 가득한 유성검법의 검흔이 남아 있었다.

그런데 그것이 끝이 아니었다.

"하?"

천마는 옆에 있는 시신에 남겨진 검흔을 만지고는 자신도 모르게 어이없어했다.

이번에 남겨진 검흔은 유성검법이 아니었다.

"천마검법, 유마천섬(柳魔天殲)."

다름 아닌 천마검법의 검흔이 남아 있는 것이다.

천마검법의 기본 묘리는 패(敗)이다. 하나 패뿐만이 아니라 살(殺)을 담아서 잔인하게 초식을 다뤘다.

오직 교주 직계만이 익힐 수 있는 천마검법의 검흔에 천마는 놀라움을 감추지 못했다.

아무리 한동안 마교가 열세에 빠졌다고 하지만 함부로 유출될 검법이 아니었다.

더군다나 천마검법은 현천신공을 익혀야만 그 진수가 발휘되는데, 현천신공이 아닌 내공으로 검초를 펼쳤다.

'예기에 담긴 살의가 보통이 아니다.'

그런데 여기서 그 놀라움이 끝이 아니었다.

세 구의 시신은 유성검법, 네 구의 시신은 천마검법, 그리고 남은 세 구는······.

"적혈검법."

놀랍게도 세구에 남겨진 검흔은 혈교의 지존인 혈마의 독문무공인 적혈검법의 검흔이 선명하게 남아 있었다.

앞선 두 검법을 체화시켜서 검의를 비롯한 검식의 일부를 변형시켰다면 잔인한 술수인 적혈검법은 그 손에 딱 맞는 것처럼 검의와 검초가 동일했다.

'동일하긴 한데··· 이것 역시도 내공의 기초에 혈마기가 담겨 있지 않다.'

도무지 이해할 수 없는 일이었다.

이 열 구의 시신에는 천 년 전에 무림의 정점이라 불리던 선, 마, 혈 세 절대자의 검법의 흔적이 전부 남겨져 있었고, 이 검수의 내공은 천마가 무림을 활보할 당시에도 한 번도 느껴 보지 못한 것이었다.

'이놈. 위험한 놈이다.'

혈마, 혈뇌, 검선, 그리고 소림의 육영 선사를 제외하고 처음으로 무공에 감탄했다.

화경 이상의 고수들은 무공의 흔적이나 상흔만으로도 그 상대의 역량을 짐작할 수 있다.

대연경의 경지에 오른 천마의 눈에는 선명할 정도로 이 검수의 역량이 느껴졌다.

쐐쐐!

어둠 속에서 검은 인영이 검을 휘두르고 있다.

검을 찌르고 휘두르는 일검마다 전부 살초가 되는 극살의 초식들로 승화시킨다.

검법에 가장 근원적인 부분인 상대를 죽이기 위함에 치중한 일식들은 계속해서 발전해 나가고 있었다.

'이놈 검술 실력이 계속 발전하고 있구나.'

북호투황의 잘린 팔에 남겨진 검흔보다도, 그리고 무림맹의 정예무사들의 몸에 나 있는 검흔보다도 훨씬 검술 실력이 상승했다.

검법 실력도 무서웠지만 수천을 넘어서 수만을 베면서 검술이 완성되어 가고 있다.

'자신만의 검법을 만들어가고 있다. 법을 넘어서 살(殺)로 도(道)에 이르는 건가.'

너무도 다른 길이었기에 표현하기가 힘들었다.

검선과 자신이 궁극적으로 무도의 끝을 지향한다면 이자는 살(殺)의 끝을 지향하고 있었다.

천 년 전에 만났다면 혈마, 아니, 검선 이상으로 훨씬 까다로운 적이 되었을 놈이다.

검수의 실력이 파악되자 결론이 났다.

"도망치는 혈교의 잔당 사이에 숨어들었군."

"혼자요?"

"그래. 이놈 혼자서 퇴각하는 잔당을 노렸다."

천마의 말에 매선화는 꽤 놀랐는지 입까지 벌어졌다.

아무리 강한 무인이라고 할지라도 이 많은 고수들을 베는 것이 가능할까?

오황이라고 해도 불가능할 것 같았다.

'하지만 조사님이라면……'

순간 매선화는 자신이 무슨 불경을 저질렀는지를 깨닫고 입술을 질끈 깨물었다.

천마는 대 천마신교의 시조이자 마도의 종주였다.

그를 의심하는 것은 신교의 교인으로서 불경을 저지르는 일이었다.

"후우."

천마의 입에서 짙은 담배 연기가 뿜어져 나오며 지하실을 뿌옇게 만들었다.

천마의 머릿속이 복잡해졌다.

이자의 무위는 둘째치고 퇴각하는 혈교에 숨어들어서 이런 대량 학살을 저질렀다는 것은 굉장한 원한이 있지 않고는 불가능했다.

시신의 검흔에 담긴 강한 살의에는 상상을 초월하는 한(恨)이 담겨 있었다.

'왜일까?'

분명 혼자서 자행한 일이었는데, 단순히 독고(獨孤)로 움직이는 자라는 생각이 들지 않았다.

우연히 벌어진 일이라고 하기에는 혈교의 퇴각을 노렸다.

이번 전쟁에서 자신과 혈뇌가 그린 그림에 먹물을 튀긴 느낌이다.

그것도 철저하게 계획적으로 말이다.

"지하 동굴에 시신들이 그냥 남겨져 있었나?"

만약 혼자서 자행한 일이라면 시신들에 손대기보다는 도망친 잔당을 쫓았을 것이다.

하지만 혼자서 자행한 것이 아니라 조직적이라면 시신들을 그냥 내버려 둘 수 없었다. 혈교인들의 시신에는 그들의 주술을 비롯해 무공이 관한 정보들이 노출되어 있다.

그렇기 때문에 마교에서도 혈교대전 당시 죽은 백팔 대주들의 시신 대다수를 무림맹에서 수습하기 전에 먼저 빼돌린 것이기도 했다.

"지하에서 저희가 발견한 시신은 약 칠천 구 정도였습니다."

"칠천 구?"

전쟁에서 혈교의 희생자가 대략 이만 명 정도였다.

그들이 전쟁에 동원한 숫자가 사만 명이 넘는 수였기 때문에 남은 퇴각 인원은 이만 명일 것이다.

"하지만 칠천 구가 다가 아닌 것 같습니다."

"음?"

"그렇지 않아도 시신들 말고도 보여드릴 게 있습니다."

사실 이 시신들 이외에도 현화단에서 확보한 다른 중요한 것이 있었다.

매선화는 의아해하는 천마를 데리고 마교의 금옥으로 안내했다.

금옥의 지하 삼층 고문실.

그곳에는 두 명의 남자가 옷을 벌거벗은 채로 피투성이가 되어 고문을 받고 있었다.

발톱이 전부 뽑혀 있고 손톱을 뜯어내고 있는 참이었다.

"이놈들이 어쨌다는 거지?"

천마의 물음에 그녀는 고문실 한쪽 구석의 바구니에 들어 있는 옷을 꺼내 들었다.

상의를 펼치다가 아무것도 없자 그녀는 두건으로 보이는 것을 폈다.

두건에는 다섯 손가락으로 보이는 하얀 문양이 그려져 있었다.

"그건?"

"오지산입니다. 전에 부단주인 약연이 자세히 보고 드렸을 겁니다."

오지산(五指山).

그것은 중원 최남단 남해 해남도에 있는 산이다.

중원에서 오지산 문양을 쓰는 집단은 해남파에서 운영하는 해남표국뿐이었다.

"이놈들을 어디서 발견한 거지?"

"저희가 지하 통로를 발견한 날 자시(子時) 무렵에 이들이 무리를 이끌고 나타났습니다."

"무리를 이끌고?"

"대략 백 명 정도였는데, 수레를 이끌고 온 것이 작정하고 시신들을 옮기러 온 듯했습니다."

매선화의 말대로 그날 늦은 밤 자시 무렵, 이들이 수레를 이끌고 산으로 들어왔다.

당시 본 단으로 사람을 파견한 뒤 시신 조사에 착수하고 있던 현화단과 마교의 지부의 교인들은 동굴의 입구 쪽에 진지를 구축하고 휴식을 취하고 있었다.

이들의 접근을 알아챈 교인들은 수적인 우세를 이용해 그들을 습격했다.

"최대한 많은 포로를 잡으려고 했지만 대다수가 자결하는 바람에 두 명만 겨우 확보할 수 있었습니다."

"나쁘진 않군."

정보 유출을 막기 위해서 자결까지 하는 집단인데, 두 명을 확보한 것은 큰 성과였다.

"알아낸 것은?"

매선화가 손짓하자 엎드려 있던 고문지기가 조심스럽게 입을 열었다.

"아직까지 아무것도 발설하지 않았습니다."

"고독이나 금제 같은 것은 있었나?"

"그런 것은 없었습니다."

다행히 혈교인들과 달리 이들은 특별한 금제는 없었다.

하지만 잡혀온 지 이틀이라는 시간 동안 쉬지 않고 고문을 당해도 여전히 입을 닫고 있었다.

발톱과 손톱이 뽑히는 고통에도 놈들은 아무 말도 하지 않았다.

만약 입에 재갈을 물려놓지 않았다면 혀를 깨물고 자결을 시도했을 것이다.

"흐음, 신통치 않게 했나 보군."

"네?"

천마의 심드렁한 태도에 고문지기가 당황하며 어쩔 줄 몰라 했다.

매선화가 달래는 듯한 말투로 말했다.

"아직은 시간이 있으니 좀 더 여유를 둔다면 정보를……."

"아니, 내가 하겠다."

"네?"

천마가 고문 의자에 앉아서 눈에 핏줄이 서서 지쳐 있는 그들의 앞으로 다가왔다.

그러고는 무릎을 굽히면서 그들의 눈높이로 시선을 맞췄다.

어떠한 고문이든 견딜 자신이 있는 두 사람이었기에 천마와 눈을 마주하면서도 눈빛이 죽지 않았다.

"일단 스무고개부터 해볼까?"

천마가 눈에 있는 원영신을 개방했다.

원영신을 개방하는 순간 그들의 감정이 뚜렷하게 색을 그리며 눈에 들어왔다.

원영신을 개방하면 마음을 읽지는 못해도 타인의 감정은 읽어낼 수 있었다.

"네놈들, 해남도에서 왔나?"

천마의 질문에 두 사람은 아무것도 들리지 않는 사람처럼 멍한 눈빛으로 대답하지 않았다.

이를 바라보며 매선화와 고문지기는 속으로 같은 생각을 했다.

'그렇게 좋게 얘기한다고 순순히 말을 할 리가 없을 텐데.'

하지만 천마의 원영신을 개방한 눈에는 그들의 몸을 두르고 있는 감정의 색이 변하고 있는 것이 보였다.

천마의 입꼬리가 올라갔다.

79장

해남도로 향하다

광동성의 서쪽 최남단에 유독 돌출해 있는 뇌주반도(雷州半島)가 있다.

사천오백 리 정도 되는 반도를 따라 서남단으로 가면 충주해협을 질러서 해남도로 갈 수 있는 배를 운항하는 큰 항구인 뇌주항과 작은 여러 포구가 있다.

콰르르릉!

천둥 번개가 내리치는 하늘은 짙은 먹구름으로 어두웠다.

며칠째 계속되는 태풍으로 포구의 어떠한 배도 출항하지 못하고 있었다.

비바람이 몰아치고 집채만 한 파도가 일렁이는 바다로 나아간다는 것은 자살 행위나 마찬가지였기 때문에 선주들은 무리해서 출항하지 않았다.

뇌주항은 나라에서 운영하기 때문에 관리의 허가 없이는 출항이 불가능했다.

그러나 포구들은 민가에서 운영되기 때문에 포구 조합장의 허가와 선주의 의사만 있다면 어느 상황에서든 배를 띄울 수 있었다.

"운래포구에 그자가 있다고 들었는데, 될는지 잘 모르겠습니다."

운래포구를 운영하는 어촌 민가 앞에 세 명의 사내가 있었다.

태풍으로 몰아치는 거친 비바람은 죽우의와 죽립으로도 막기 힘들었지만, 세 사람 중 단 한 사람의 몸에는 얇은 막이 있어 작은 빗방울조차 통과하지 못했다.

'조사님의 내공이 정말 심후하시구나.'

내심 감탄을 금치 못하는 콧수염의 중년 사내는 마교의 새로운 칠 장로로 부임한 철마권 모자웅이었다.

그가 감탄하고 있는 자는 바로 천마였는데, 종일 빗속을 돌아다녔는데도 빗방울이 몸에 닿는 것을 한 번도 허용치 않고 있었다.

"이번에는 네 녀석의 말대로 되었으면 좋겠구나. 슬슬 짜증 나려고 하는데."

"하, 하하핫! 그, 그자는 원래 광동성 지부 출신이니 거절하지 못할 겁니다."

천마의 짜증 섞인 목소리에 칠 장로 모자웅이 당황스러워서 그를 달래듯이 말했다.

그도 그럴 것이 벌써 이곳이 세 번째 포구였다.

앞선 포구의 조합장들이 전부 거절하는 바람에 배를 띄울 선주를 찾지 못한 그들이다.

아무리 제멋대로인 천마라고 해도 평범한 민간인에게 목숨을 걸라고 강요하진 못했다.

'그냥 태풍이 멎는 걸 기다리는 게 좋을 것 같은데.'

옆에서 내색은 하지 않고 있었지만 굳이 비바람이 몰아치는 이런 날씨에 배를 띄우려고 하는 천마의 의도를 이해할 수 없는 동검귀 성진경이다.

불과 며칠 전만 하더라도 마교에 있던 그들이 이곳까지 오게 된 이유는 무엇일까?

그것은 해남도에 있는 해남표국을 조사하기 위해서였다.

해남표국의 사람으로 짐작되는 두 사람을 심문한 천마는 원영신을 개방하였지만 생각보다 많은 것을 알아내진 못했다. 하지만 그들의 근거지는 여전히 오지산이라는 것을 알아냈다.

매선화가 현화단원을 보낸다고 했지만 벌어지는 일들이 심상치 않다고 생각한 천마는 직접 가는 것을 택했다.

'괜히 따라왔나. 주군의 고집을 꺾을 방법이 없군.'

원래 천마는 이곳의 지리를 잘 아는 안내인 한 명만을 데려오려고 했으나 성진경이 자원해서 동행했다.

드넓은 바다를 좋아해서 상해에 거주하던 그가 한동안 내륙인 십만대산 마교에서 지내다 보니 답답함을 느낀 것이다.

그러던 차에 천마가 해남도에 간다는 얘기를 듣고 달갑게 동행하겠다고 자원했다.

그런데 천마가 맑은 날도 아니고 태풍이 몰아치는 날에 무리해서 바다를 건너려고 하니 도무지 이해할 수가 없었다.

'예상치 못한 태풍이 오히려 적기지.'

사실 평소 마음 내키는 대로 행동하는 천마라고 해도 이렇게 태풍이 몰아치는 날씨에는 무리해서 배를 타려고 하지 않았다.

한데 천마는 오히려 이것을 기회로 포착했다.

'덕분에 잘 가려졌군.'

태풍으로 일어난 대자연의 기운은 아무리 뛰어난 고수라고 해도 기감이 둔해지게 만든다.

천마조차도 근접하지 않고는 비바람으로 요동치는 대자연의 기운에 가려져 타인의 기를 감지하기 어려울 정도였으니 말이다.

생각보다 길어진 태풍이 지속될 동안, 몰래 섬으로 잠입한다면 적이 도망칠 기회를 미연에 방지할 수 있다고 판단했다.

'으으, 교주님부터 이 장로까지 조사님의 눈치를 보는 이유가 있었어.'

모자웅은 오는 내내 가시방석에 앉아 있는 느낌이었다. 그는 내심 천마와의 동행을 자원한 것을 후회하는 중이었다.

모자웅은 뇌주반도 출신의 무인으로 마교의 뇌주 지부의 지부장이었다가 이번 마교의 수뇌부 개편 때 장로로 승진하게 되었다.

"조사 어른께서 해남도로 가시길 원하는데, 그곳에 대해서 잘 알고 있는 자를 추천해 줄 수 있겠는가?"

교주 천극염의 부탁을 넙죽 물고 말았다.

다른 사람도 아니고 교주의 부탁을 들어주는 것도 모자라 마교의 개파 조사인 천마에게 잘 보일 수 있는 천재일우의 기회를 놓칠 수 없었다.

'그냥 놓쳤어야 하는데. 아니야. 차라리 부장 녀석을 보냈어야 하는데.'

아랫사람을 보낼걸 하고 후회가 되는 그였지만 어쩔 도리가 없었다.

최대한 천마의 비위를 맞추는 수밖에 말이다.

앞선 포구 조합장들이 거절했기 때문에 걱정이 되지 않을 수가 없었다.

그나마 이곳 운래포구에는 은퇴하고 고향으로 돌아온 교인이 있었다.

"저쪽입니다."

일단은 은퇴하고 어부 일을 하고 있는 교인을 만나보기로 했다.

다행히 모자웅이 지부장으로 일할 때 부부장을 맡은 자였고, 교의 예산으로 은퇴 선물인 배를 선물받았기에 일말의 기대감은 있었다.

똑똑!

운래포구의 동쪽 어귀에 자리 잡고 있는 집의 문고리를 두드렸다.

"최 부장 있는가?"

두세 번 정도 그의 이름을 불렀을 무렵이다.

대문이 열리며 이순(耳順)의 나이로 보이는 까무잡잡한 피부의 노인이 무슨 일인가 하고 인상을 찌푸린 채 얼굴을 내밀었다.

"누구시기에 노부를 최 부장이라고……."

"날세, 최 부장."

"엇?"

노인은 죽립을 들어 보이며 얼굴을 보이는 칠 장로 모자웅의 모습에 화들짝 놀랐다.

모자웅이 십만대산 마교의 본 단으로 입성하는 축하 잔치를 마지막으로, 몇 달은 보지 못했기에 반가움이 이만저만이 아니었다.

"모 지부장님!"

"최 부장!"

두 사람은 반갑게 서로를 끌어안았다.

좀 더 해후의 반가움을 만끽하고 싶었지만 비바람이 거칠고 뒤에는 천마를 비롯한 오황인 성진경이 기다리고 있었다.

"흠흠, 최 부장, 일단 들어갈 수 있겠나?"

"아아, 어서 들어오시죠. 비바람이 셉니다."

최 부장이라 불린 노인이 그들을 안내해서 집 안으로 들어왔다.

혼인을 하지 않았기에 혼자서 지내는 노인이었지만 집은 넓고 안락했다.

집의 한가운데에 있는 화로에 매달아 끓이고 있는 차 주전자를 가져온 노인은 칠 장로 모자웅에게 먼저 차를 따라주려 했다.

"이분께 먼저 따르시게."

"이분?"

마교에서도 장로라는 높은 직위에 오른 모자웅이 존대를 표하자 노인이 의아한 표정을 지었다.

은퇴한 교인인 그는 천마의 존재를 몰랐다.

모자웅이 그에게 예를 표하게 하려 했으나 천마가 고개를 저으며 전음으로 정체를 밝히지 말라고 하였다.

"신교에서 높으신 분일세."

"오오오, 그런 줄도 모르고 인사를 올리지 못했습니다. 노부는 위대한 천마신교의 뇌주 지부에서 소업을 맡고 있던 최익겸이라고 합니다."

"반갑소."

고개를 숙여서 인사하는 자신과 달리 아무리 높은 직위에 있다고 하더라도 약관의 청년으로 보이는 천마가 가벼운 인사만을 건네자 살짝 기분이 상한 최익겸이었지만 곁에 모자웅이 있기에 달리 내색하진 않았다.

"그런데 모 지부, 아니, 모 장로님께서는 어쩐 일로 이런 누추한 곳까지 오신 겝니까?"

천마를 비롯한 두 사람의 잔에 차를 따른 최익겸이 물었다.

본 교로 올라간 이후로 뇌주에 오지 않던 모자웅이 하필 이렇게 궂은 날씨에 나타났으니 궁금할 만도 했다.

"흠, 사실 최 부장 자네에게 부탁할 게 있어서 왔네."

"부탁이요?"

"조금은 어려운 부탁이지만 본 교를 생각해서라도 들어줬으면 하네."

평소보다도 조심스러운 모자웅의 목소리에 최익겸이 의아한 표정으로 물었다.

"허허허, 대체 무슨 일이기에 그러십니까?"

"혹시 말이네, 오늘 배를 띄울 수 있겠는가?"

"네? 배를 말입니까?"

조금 어려운 부탁이라고 했을 때 낌새를 알아차렸지만 설마 배를 띄워달라는 부탁일 줄은 예상하지 못한 최익겸이 난처함을 감추지 못했다.

"허어."

"어렵겠는가?"

바다에서 일어난 태풍은 용신이 강림하는 날이라고 한다.

그런 날에는 어부나 선주들은 바다의 용신이 노여워하는 현상이라 하여 절대로 배를 띄우지 않았다.

하지만 그 못지않게 교의 명을 목숨처럼 중시하는 것이 교인들이었다.

"솔직히 말씀드린다면 이런 날씨에 배를 띄우면 바다 한가운데서 난파당할 가능성이 너무 높습니다."

"그래도 해남도까지는 거리가 그리 멀지 않지 않나?"

"폭풍우 속에서는 아무리 거리가 가까워도 조류와 바람이 너무 강해서 배를 조종하는 것이 불가능합니다."

아무 가깝다고 하더라도 폭풍이 불기 때문에 해협 사이로 물이 빠지고 들어가는 물살이 너무 강해서 배를 조종하는 것 자체가 불가능했다.

더군다나 최익겸이 가진 배는 어선이라서 그리 큰 배도 아니었다.

오랜 세월 동안 배를 모는 선주들조차도 물살을 극복하기가 힘들었기에 부탁을 들어줄 수가 없었다.

"노부가 단언컨대 배를 띄우면 목숨을 잃으실 겝니다. 이 늙은이의 목숨이 아까워서 하는 말이 아니니 새겨들어 주십시오."

"크흠."

단호한 최익겸의 말에 칠 장로 모자웅은 아무 말도 할 수가 없었다.

사실 앞선 포구의 조합장들을 비롯한 오랜 경험을 가진 선주들이 전부 같은 말을 했기 때문이다.

천마의 고집만 아니라면 폭풍우가 가라앉기를 권하고 싶었다.

그때 가만히 그들의 대화를 듣고 있던 천마가 입을 열었다.

"만약 조류와 바람만 극복할 수 있다면 배를 띄울 수 있겠나?"

"하? 아니, 용신도 아니고 무슨 수로 조류와 비바람을 어찌할 수 있단 말입니까?"

최익겸이 하얀 눈썹을 들썩이며 어이가 없다는 말투로 물었다.

하지만 천마는 특별한 해답을 내놓지 않고 말했다.

"묻는 말에나 대답하라."

처음에는 교의 높은 사람이라고 하여 건방진 태도에 참고 있던 최익겸이 더는 참을 수 없는지 언성을 높이며 말했다.

"아니, 노부야말로 정말 답답하구려. 댁이 아무리 본 교의 높으신 분이라고 해도 불가능한 것은 불가능한 것이오. 교주님이 아니라 돌아가신 천마 조사께서 오셔서 부탁한다고 해도 노부가 안 된다고 하면 안 되는 것이오!"

천마의 눈썹이 치켜 올라갔다.

이에 당황한 칠 장로 모자웅이 어찌할 줄을 몰라 했다.

최익겸의 심정을 모르는 것은 아니었지만 십만대산 천마신교 그 자체라고 할 수 있는 천마의 심기를 건드린 셈이다.

결국 모자웅은 최익겸에게 전음을 보냈다.

[이보게, 입을 함부로 놀리지 말게.]

'전음?'

전음이라는 것을 알아챈 최익겸이 이해할 수 없다는 표정을 지었다.

[…으음, 자네의 눈앞에 계신 분의 존성대명이… 천마 조사님일세.]

최익겸이 인상을 찌푸린 채 고개를 갸웃거리자 모자웅이 다시 한 번 강조했다.

[자네가 말한 그 천마 조사님이란 말일세.]

"…네에에?"

처음에는 무슨 말인지 이해하지 못하던 최익겸이 얼굴이 창백해져서 자리에서 벌떡 일어났다.

그러고는 바닥에 납작 엎드린 채 꼼짝하지 않는 최익겸.

그의 얼굴은 이미 사색이 되어서 이마를 수십 차례 바닥에 찧고 있었다.

비록 은퇴와 함께 일선에선 물러났지만, 그 역시도 여전히 마교의 교인으로서 매번 집회에 참석하고 있었다.

마교에 있어서 시조 천마는 신(神)과도 같은 존재였다.

천마의 정체를 알게 된 최익겸은 처음에는 사색이 되어 미친 듯이 사죄하다가 어느 순간부터는 눈이 퉁퉁 부을 정도로 울음을 쏟아냈다.

이런 행동은 오히려 천마를 귀찮게 만들었지만 감동의 여운이 가시지 않게 말없이 지켜보기만 했다.

모든 포구에 있는 선주, 사공들이 운항을 거절했기 때문에 그가 마지막 희망이었다.

사람은 가끔 우연히 일어난 일에도 의미를 부여함으로써 활력과 동기를 얻기도 한다.

'용신이 노여워하는 날에 위대하신 조사께서 노부에게 오셨다는 것은 시험일지도 모른다. 천마 조사께서 내린 시험은 성·화(聖火)가 이끄는 세계로 가기 위함일지도.'

최익겸은 뭔가를 결심한 듯 굳은 결의가 담긴 눈빛으로 말했다.

"위대하신 천마 조사님이시여, 조사님을 모시고 해남도로 가면 되나이까?"

"배를 띄울 수 있나?"

"위대하신 분께서 원하신다면 그것이 죽음으로 향하는 길일지라도 노부는 달갑게 받아들일 준비가 되었나이다."

믿음이 가득한 눈빛은 천마를 부담스럽게 만들었지만 내색하지는 않았다.

원하는 바를 얻었기 때문이다.

다만 폭풍우가 몰아치는 이 날씨에 부디 배를 띄우는 일이 없기를 바라던 동검귀 성진경이나 모자웅은 당혹감으로 얼굴이 굳어지고 말았다.

"그럼 당장 출발할 수 있나?"

"알겠습니다. 말씀대로 준비하도록 하겠습니다."

곧바로 출발하자는 말에 당황한 칠 장로 모자웅이 헛기침을 하며 말했다.

"흠흠, 그런데 운래포구 조합장의 허가가 떨어져야 배를 띄울 수 있지 않나?"

"아아, 그건 걱정하지 않아도 됩니다. 조합장이 노부의 조카사위라서."

"그, 그것 참 잘됐구만."

이런 인맥이 있을 줄은 몰랐다.

'망할 인맥!'

일이 일사천리로 풀리기 시작하자 당황스러웠다.

그렇다고 모든 것이 원활한 것은 아니었다.

"흐음, 배를 조종하려면 그래도 선원들을 데리러 가야 하는데, 날씨가 좋지 않아서 몇 명이나 갈지는 모르겠습니다."

최익겸의 배가 그리 크진 않지만 그래도 어선이었고, 폭풍우를 헤쳐야 하기 때문에 적어도 여섯, 일곱 명 정도의 선원이 필요했다.

천마가 모자웅을 향해 손짓하자 허리춤의 주머니 하나를 풀어서 내려놓았다.

"이건?"

"은자 삼백 냥일세."

"헉?"

"최 부장, 이 정도라면 충분하겠나?"

어선을 띄워서 만선인 날에 생선을 팔면 은자 열 냥 정도를 번다.

민가의 사람들이 한 달 동안 생활하는 비용이 은자 열 냥 정도였으니 삼백 냥이라고 한다면 얼마나 많은 돈인지 알 수 있다.

농사를 짓는 것보다 한 번 만선했을 때 버는 수익이 더욱 많기에 젊은 어부들이 위험을 무릅쓰고 바다로 나가는 것이기도 했다.

"이 정도면 충분합니다."

나이 들고 관록 있는 어부들은 폭풍우에 목숨을 걸 만큼 어리석은 행동을 삼가겠지만, 젊은 어부들은 이 정도 은자라면 무조건 승선하려 들 것이다.

"기다리고 계시면 선원들을 데려오겠습니다."

최익겸은 그들을 남겨둔 채 선원들을 모집하러 밖으로 나갔다.

반 시진가량 지났을 무렵 그는 여섯 명의 혈기 넘치는 젊은 선원들을 데리고 왔다.

흉터가 많고 거친 외모로 보아 폭풍으로 나갈 패기는 있어 보였다.

"최 영감님이 말씀하신 귀한 손님들인가 보군. 이런 미친 날씨에 목숨을 걸다니."

"흐흐흐, 우리야 돈만 벌 수 있다면 나쁠 것 없지."

젊고 혈기 넘치는 것 이외에는 시시껄렁한 태도의 그들을 바라보며 모자웅이 고개를 절레절레 저었다.

'돈에 목숨을 거는 어리석은 종자들이군.'

죽우의를 걸친 일행은 밖으로 나갔다.

밖에는 여전히 거친 비바람이 몰아치고 있었다.

아직 낮 시간인데도 불구하고 천둥 번개가 몰아치고 먹구름 때문에 어두웠다.

거센 파도는 모든 것을 삼켜 버릴 기세로 몰아치고 있어서 보는 이로 하여금 두려움을 자아내게 했다.

어두운 물속에 빠진다면 끝없는 심연 속으로 빨려들어 물거품이 될 것만 같았다.

출렁출렁!

닻을 내려놓고 여러 개의 밧줄로 묶어서 정박해 놓았지만 거센 폭풍과 밀려오는 파도에 어선이 흠뻑 젖어 있었다.

"밧줄을 전부 풀게!"

젊기는 하나 경험이 많은 선원들이었기에 일사불란하게 밧줄을 풀고 닻을 끌어 올리기 시작했다.

"얼른 배에 오르시죠!"

최익겸이 배 앞의 부두에 서 있는 천마 일행을 향해 손을 흔들며 외쳤다.

배에 올라타자 너울이 커서인지 배가 심하게 흔들렸다.

천마 역시도 바다에서는 배를 처음 타보는 것이기에 여유로운 표정이 사라졌다.

"출선합니다! 위험하니 배 갑판의 바깥쪽에 계시지 말고 안쪽으로 오십시오!"

돛이 퍼지고 배가 들썩이며 앞으로 나아가기 시작했다.

모자웅이 긴장된 눈빛으로 돛대 기둥에 묶어놓은 밧줄에 손을 집어넣고 기둥에 붙었다.

콰르르릉!

천둥소리와 함께 하늘에 번쩍이는 뇌전이 그려지며 번개가 내리쳤다.

이제 겨우 부두에서 살짝 떨어졌을 뿐인데 강한 비바람이 몰아치니 배가 이리저리 휩쓸리듯이 움직였다.

꿀꺽!

배의 방향타를 잡은 최익겸의 눈빛이 심상치 않았다.

조사인 천마에 대한 절대적인 믿음으로 출선하기는 했는데 아니나 다를까, 배를 띄우기가 무섭게 조종하는 것이 힘들었다.

방향타를 양손으로 붙들고 있는데도 손바닥에 찢어지는 고통이 느껴질 정도였다.

"돛이 뒤집히지 않게 해라!"

"예엡!"

배에 타기 전만 하더라도 시시콜콜 농담을 하던 선원들의 표정이 굳다 못해 심각했다.

일확천금을 얻는다는 마음으로 승선하기는 했지만 역시나 위험했다.

해남도로 가기도 전에 난파될 것만 같은 공포심이 그들을 사로잡고 있었다.

출렁출렁! 쏴아!

"파도다! 꽉 붙잡아라!"

부두에서 꽤 떨어지자 더욱 높은 파도가 몰아쳤다.

심지어 그 높이가 얼마나 높은지 갑판 위를 한바탕 쓸고 지나갔다.

"우욱!"

파도가 전신을 때리고 스쳐 지나가자 모자웅이 저도 모르게 공력을 끌어 올려 밧줄을 꽉 붙잡았다.

선원 중 한 사람이 파도에 휩쓸려 균형을 잃고 선단을 뒹굴었다.

"우아아악!"

파도에 뱃머리가 높게 들리며 선단 바닥을 뒹굴던 선원이 갑판을 벗어나 떨어지려 했다.

선원은 자신도 모르게 바다에 빠질 거라는 두려움에 두 눈을 질끈 감았다.

그 순간 알 수 없는 힘이 그를 붙잡았다.

"엇?"

누군가가 그를 붙잡은 것처럼 떨어지려던 그의 몸이 부웅 떠올라 선단 위로 올려졌다.

그것은 천마가 공력을 일으켜 허공섭물로 선원을 살린 것이었다.

아무것도 모르는 선원은 놀란 가슴을 쓸어내리며 창백해진 얼굴로 휘어지려 하는 돛의 밧줄을 붙잡았다.

'이제 곧 물살이 거세진다.'

최익겸의 표정이 긴장감으로 물들었다.

여기서 조금이라도 실수하면 배가 난파되어 목숨을 잃고 만다.

물론 폭풍우와 조류의 흐름이 너무 거세기 때문에 실수가 아니더라도 운이 없다면 죽게 될 것이다.

"빌어먹을 바람만 도와줘도 나을 텐데!"

선주들이 폭풍우가 몰아칠 때 절대로 해협을 나가지 않는 이유이다.

바람이 거세서 돛의 방향이 제멋대로 움직여 배를 제대로 다루기 힘들었고, 밀려들어 오는 조류의 힘이 너무 세서 방향타를 움직이기조차 어려웠다.

"바람만 해결하면 잘 헤쳐 나갈 수 있나?"

어느새 그의 옆으로 다가온 천마의 물음에 최익겸의 표정이 의아해졌다.

비바람이 거칠어서 눈을 뜨기 힘든데도 이상하게 천마의 몸에는 물방울조차 닿지 않는 것 같았다.

"헤쳐 나갈 수 있나?"

"바, 바람만 조절해도 어느 정도 조류에 대항해 볼 수 있습니다."

폭풍우로 인해 평소보다도 강한 물살이었지만 이곳에서 어부 생활을 하면서 해협의 조류가 이끄는 길은 잘 알고 있었다.

배의 방향타를 잡은 최익겸의 손바닥에서 피가 흐르는 것을 보니 얼마나 물살이 거센지 알 수 있었다.

[어이, 진경]

[네, 주군.]

[배가 바람에 흔들리는 것은 내가 막을 테니 진기로 방향타를 움직이기 쉽게 보호해 줘라.]

[알겠습니다.]

천마가 무슨 말을 하는지 그 의도를 알아챈 성진경이 최익겸의 곁으로 다가가 방향타의 손잡이 밑을 붙잡았다.

"무, 무슨 짓이오?"

"도와주는 것이오."

성진경이 내공을 끌어 올려 방향타에 공력을 불어넣었다.

마치 검에 검기를 일으키듯이 방향타에 공력이 실리자 거친 물살에 제대로 움직이지 않던 방향타가 움직이기 시작했다.

"오오!"

방향타를 제대로 조절할 수 있게 되자 거친 파도와 물살에 심하게 흔들리던 배가 조금 전보다 유연하게 움직이기 시작했다.

그것뿐만이 아니었다.

천마가 왼손을 들어 올리자 배를 능욕이라도 하듯이 몰아치던 비바람이 배 주위에 생겨난 거대한 검은 운무에 막혀 이리저리 미친 듯이 펄럭이던 돛이 잠잠해졌다.

파아아아아악!

거기다 천마가 오른손을 들어 올려 밀어내는 손짓을 하자 놀랍게도 강대한 진기가 일어나 돛이 팽창하며 앞으로 나아가기 시작했다.

"어찌 이런 일이?"

얼마나 놀랐는지 최익겸의 입이 쩍 벌어졌다.

마교에 대한 믿음이 강한 그였지만 마음 한구석에서는 천마 조사 역시 사람인데 용신의 노여움을 극복할 수 있을까 두렵던 그다.

"이럴 수가! 배, 배의 돛이?"

"이게 무슨 일이야?"

기이한 현상에 선원들 역시도 눈이 휘둥그레졌다.

마치 폭풍우가 없을 때의 바다를 항해하는 것처럼 앞으로 나아가니 놀랄 수밖에 없었다.

더군다나 눈이 따가울 만큼 몰아쳐서 시야를 가리던 비바람이 약해졌다.

"요, 용신께서 배에 축복이라도 내리신 건가?"

어촌 사람들은 남녀노소 할 것 없이 바다에서 벌어지는 일들이 용신과 관련되어 있다고 생각하는 경향이 있었다.

폭풍우에 난파될까 봐 두려움에 떨던 젊은 선원들이 이제는 신이 나서 환호를 지르고 난리가 났다.

"용신께서 우리를 보호하신다! 가자!"

"와아아아아아!"

"쯧쯧."

그런 그들을 바라보며 칠 장로 모자웅이 고개를 흔들며 혀를 찼다.

지금 벌어지는 일들이 누가 하는지도 모르고 용신만 외쳐

대니 말이다.

그렇다고 무공을 모르는 어부들을 상대로 타박을 할 순 없으니 아무 말도 하지 않았다.

'조사님의 무공은 정녕 신의 경지에 올랐구나!'

팽창한 돛에서 느껴지는 심후한 진기를 비롯해 유형화된 마기를 보며 모자웅은 천마의 경이로운 능력에 감탄을 금치 못했다.

천마가 뒤를 바라보며 놀라워하는 최익겸을 향해 소리쳤다.

"이제 남은 건 네놈 몫이다!"

"알겠습니다! 기대에 부응해 보겠습니다!"

천마의 놀라운 능력에 용기를 얻은 최익겸의 손에 힘이 들어갔다.

방향타가 움직이며 거친 해협의 조류를 타고 해남도를 향해 거슬러 내려가기 시작했다.

80장
석금명의 비화(祕話)

해남도(海南島).

중원 대륙의 남부에 자리하고 있는 드넓은 섬이다.

면적이 삼만 사천 평에 이를 만큼 광활한 해남도의 북부로는 평야가 펼쳐져 있고, 섬의 중앙으로 내려오면 오지산(五指山)을 비롯한 산지가 남부로 펼쳐진다.

중원 대륙에 비해서 기온이 높은 편이고, 더워서 열대성의 온난다우한 기후였기에 숲으로 들어가면 밀림을 형성하고 있었다.

해남도의 북부 지역의 해안가에는 한족들이 자리 잡고 있었는데, 이곳은 해남표국을 중심으로 큰 도시를 이루고 있었다.

오지산 주변의 중부 및 남부로는 회족과 여족, 묘족과 같은 소수민족이 거주하고 있었다.

해남표국이 있는 곳은 섬 지역이기 때문에 어촌을 중심으로 교역을 했으리라 생각하는 사람들이 많았지만, 해남도의 주요 산업은 농업이었다.

해남도의 북부가 평야 지대이기 때문에 농사를 지었고, 쌀 생산량이 생각 외로 많았다.

그래서 광동성과 쌀을 교역하고 그 외에도 여주, 용안, 감초(甘蕉:바나나) 등과 같은 열대 과일 등을 팔아서 이문을 남겼다.

해남도의 중앙에 있는 오지산의 제일 봉 근처 비룡주벽에는 해남파 건물이 있다.

정도 문파의 하나인 해남파는 쾌검술로 유명하였고, 구파일방에는 들어가지 못했어도 뛰어난 고수들을 많이 배출한 곳이다.

그러나 지금의 해남파는 검문의 무림 일통의 시작점으로 더욱 알려졌다.

엄밀히 얘기한다면 첫 희생 문파였다.

산을 오르는 길목에 자리 잡은 거대한 고목나무들을 지나면 멸문한 해남파의 건물이 그대로 남아 있었다.

패도의 길을 걷기 위한 첫 행보인 만큼 검문은 해남파를 과감하게 멸문시켰다.

그런 비어버린 해남파의 건물을 차지한 이들이 있었다.

콰르르르릉!

천둥 번개가 내리치는 어두운 하늘.

며칠 동안 계속되는 태풍의 여파로 해남도 역시도 연일 비바람이 몰아치고 있었다.

해남파의 건물 입구에 걸려 있던 해남파라 적힌 현판은 떨어져서 사라진 지 오래였다.

검문이 정파 정벌을 할 당시 끝까지 대항한 문파들의 현판을 전부 떼어갔기 때문에 무림맹의 지하 보고의 한편에 다른 현판들과 함께 쌓여 있었다.

비룡주벽에 자리하고 있는 해남파의 건물은 본당과 연무장, 숙소, 객당으로 나누어져 있다.

비바람이 거세서 건물 벽에 달아놓은 횃불들이 꺼지자 주변이 온통 어두워졌다.

그런 객당 내부에 유일하게 등불이 켜져 있는 방이 하나 있었다.

붉은 천으로 잘 꾸며진 방 안에는 뜻밖의 여인이 침대에 앉아 있었는데, 그녀는 얼마 전 무림맹을 탈출한 검황의 셋째 제자인 설유라였다.

"하아."

한숨을 쉬며 침대에 걸터앉아 있는 그녀의 안색이 좋지 않았다.

설유라의 얼굴을 잘 살펴보면 식은땀으로 젖어 있었는데, 뭔가에 계속 도전했는지 많이 지쳐 보였다.

'염 대협은 혼자서도 기문의 침을 뺐다는데 나는 아직 멀었구나.'

그것은 그녀의 척추 기문에 박힌 침으로 인해서였다.

설유라는 기문에 침이 박혀 내공을 금제당한 채 이곳에 감금되어 있었다.

심지어 도망가지 못하도록 양발에 철구를 매달아놓은 쇠고랑을 채워놓았다.

'염 대협의 말을 들었어야 하는데.'

진즉에 염사곤의 말을 듣지 않은 것이 후회가 되는 그녀였다.

무림맹에서 전 검하칠위의 사석이던 문율이 미리 준비해 둔 덕분에 쉽게 탈출한 그들은 추격을 대비해서 며칠 동안 쉬지 않고 남하했다.

아니나 다를까, 그들이 탈출한 지 몇 시진도 되지 않아 무림맹에서 추격단을 보냈고, 남하하면서 벌써 세 차례나 무림맹 산하의 추격단과 마주쳤다.

그렇게 힘들게 도망치면서 나중에 알게 된 사실이 있었는데, 그들의 탈출을 도운 무사들이 무림맹 소속이 아닌 해남표국에서 고용한 낭인들이었다.

그때 염사곤이 설유라에게 말했다.

─아가씨, 아무래도 수상합니다. 해남표국은 해남파가 망한 뒤로 해체한 것으로 알고 있는데 버젓이 활동하다니요?

검문이 해남파를 멸문시킨 이후 가장 먼저 한 것이 해남파의 재정을 흡수한 일이었다.

당연히 재정의 팔 할을 차지한 것은 해남표국이었는데, 검문은 해남표국 내에 있던 재화와 전표를 전부 거둬들이고 표국을 해체시켰다.

─저도 그건 이상하네요.

─이렇게 하시는 게 어떻습니까? 이들을 따돌리고 호남 남부 쪽에 도착해서 복건성 쪽으로 가시죠.

염사곤의 고향은 복건성으로 그곳에 알고 있는 자들이 꽤 있었다.

─복건성이요?

─복건성에 있는 항구에 제 숙부가 표국 일을 하고 있는데, 부탁하면 대만으로 가는 배편을 알아봐 줄 겁니다.

염사곤은 지금 당장 어느 곳을 가도 무림맹의 손이 뻗을 거라 판단했다.

그렇다면 조금이라도 무림과는 연이 없는 곳으로 피해야 한다고 여겼기에 그녀에게 대만행을 권한 것이다.

하지만 그런 염사곤의 의견과 달리 설유라는 광동성 부근에서 십만대산으로 도망치자고 의견을 냈다.

몇 차례 설득하려고 했지만 고집이 강한 설유라를 꺾을 수 없던 염사곤은 결국 그녀의 뜻을 따르기로 하였다. 어딜 가나 위험하긴 매한가지였기 때문이다.

그러나 그들이 행하기로 한 중간의 탈출 계획은 무산으로 돌아가고 말았다.

이는 호남에서 광동성이 아닌 광서성으로 길을 틀면서 일어났다.

어차피 십만대산은 두 성의 경계면에 자리했기 때문에 그리 큰일이라고 여기지 않았지만 놀랍게도 이들의 남하는 정확하게 십만대산을 피하고 있었다.

이를 눈치챈 염사곤과 설유라는 탈출을 시도하려고 했지만 중간에 합류한 절대적인 무인으로 인해 실패하고 말았다.

'북호투황, 그자가 살아 있었다니……'

놀랍게도 그 절대적인 무인은 바로 북호투황이었다.

검문과의 전쟁으로 산서성의 오태산에서 죽음을 맞이했다고 알려진 북호투황이었다.

당시 시신은 발견되지 않았지만 전쟁에 참여한 북호투황 산하의 사파인들이 전멸하면서 그 역시도 죽은 것으로 알고 있었다.

─애송이가 실력이 제법 늘었구나.

무슨 영문인지 외팔이인 북호투황은 왼쪽 팔만으로 너무도 쉽게 염사곤을 제압했다.

화경의 극에 이른 염사곤이었지만 고작 그의 세 초식도 받아내지 못하고 심한 내상과 함께 패하고 말았다.

그는 해남파 본당 건물의 지하 금옥에 감금되어 있다.

그 탓에 설유라는 이렇게 후회하면서 기를 쓰고 기문의 금제를 풀려고 노력하고 있던 것이다.

'그래, 포기하면 안 돼.'

어떻게든 내공의 금제를 풀고 염사곤을 구출해서 도망쳐야 했다.

"후우."

지친 호흡을 가다듬고 다시 가부좌를 틀고 자세를 잡았다.

그러는 차였다.

비바람이 세차 방에 있어도 소란스러워서 몰랐는데, 그녀의 방문 앞으로 어느새 누군가가 다가와 있었다.

방문에 비친 그림자만으로 그녀는 그가 누군지 짐작할 수 있었다.

'석 사형?'

검문을 배신한 둘째 사형인 석금명이었다.

당황한 설유라는 얼굴에 맺힌 땀을 닦았다.

그러고는 일부러 티를 내지 않기 위해 의자에 앉아 탁자 위에 있는 주전자를 들어 찻잔에 따르는 시늉을 하였다.

똑똑!

"사매, 나야. 잠시 들어가도 될까?"

밖에서 들려오는 석금명의 목소리에 그녀는 호흡을 가다듬고 아무렇지도 않게 퉁명스러운 목소리로 말했다.

"포로에 불과한 제가 무슨 수로 거절할까요."

"포로라니, 여기에 있는 누구도 그렇게 생각하지 않아."

"하!"

석금명의 능청스러운 말에 설유라는 어이가 없었다.

누구도 그렇게 생각하지 않는다는 자들이 내공을 금제하고 도망가지 못하게 발목에 철구까지 달아놓고 한다는 말이 괘씸했다.

챙챙!

그녀가 쇠사슬을 잡아당기며 짜증스러운 목소리로 말했다.

"이딴 걸 매달아놓고 잘도 그런 말을 하는군요."

"하아!"

한숨을 내쉰 석금명이 허락이 떨어지지 않았지만 자연스럽게 방문을 열고 들어왔다.

무림맹에 있던 시절에는 백색 옷을 자주 입어서 백의공자라는 별칭이 있던 그이지만 지금은 파란 무복을 입고 있었다.

"발목이 불편한 거야, 사매?"

"지금 그걸 말이라고 하는 건가요?"

석금명의 눈이 자연스레 밑으로 향했다.

치맛자락이 살짝 올라가 보이는 그녀의 발목은 철구가 달린 쇠사슬 때문에 퉁퉁 부어 있었다.

내공을 금제시켜 놓았기 때문에 순수한 힘으로만 움직여야 하는데, 가느다란 그녀의 발목이 무거운 철구의 무게를 버틸 수 있을 리가 없었다.

"후우, 하지만 어쩔 수가 없어. 사매가 나와 함께한다고 약조하기 전까지는."

그녀의 부은 발목에 씁쓸해졌지만 석금명의 태도는 단호했다.

비록 연모하는 설유라에게만큼은 완전히 냉정하게 대하지 못했지만 적어도 후환을 남겨둘 만한 짓은 하지 않는 그였다.

"내공도 없이 제가 무슨 수로 도망간다는 건가요? 흥!"

"두 다리가 성한데 도망치지 못할 이유가 없지. 그리고 사매가 괜히 도망치다가 다치는 것을 원하지 않아."

"제 걱정하는 척하지 말아요. 배신자 주제에."

다른 것은 참아도 그 말만은 화가 났는지 석금명의 표정이 무섭게 변했다.

순간 울컥해서 화를 낼 뻔했지만 이를 겨우 가라앉힌 석금명이 낮은 어조로 말했다.

"그렇게 얘기하지 마. 나는 한 번도 검황의 제자라고 생각해 본 적이 없어."

"하! 사문의 무공을 익혔으면서 그런 말이 나오나요?"

"그만!"

쾅!

그녀의 말이 끝남과 동시에 석금명의 일장이 탁자를 내려쳤다.

그의 강한 공력에 탁자에 균열이 일어나며 그대로 산산조각이 나며 내려앉고 말았다.

한 번도 보지 못한 난폭한 석금명의 행동에 놀란 설유라의 얼굴이 창백해졌다.

"지금… 저를 위협하는 건가요?"

"…검문은… 나의 사문이 아니야. 나의 원수지."

분노가 담겨 있는 석금명의 말에 설유라는 아무 말도 할 수 없었다.

대체 무슨 사연이 있기에 석금명이 이렇게까지 검문에 대해서 분노를 표하는지 이해할 수가 없었다.

창백해진 얼굴로 고개를 들지 못하는 설유라의 모습에 떨고 있다고 생각한 석금명은 자신의 이마를 부여잡으며 후회했다.

'괜히 화를 냈어.'

잘 보여도 모자랄 판국에 화를 냈으니 말이다.

잠시 고민하던 석금명이 그녀의 맞은편에 있는 탁자를 끌어와 자리에 앉았다.

그러고는 말했다.

"미안해, 사매. 화를 내려고 했던 건 아니야."

"…사매라고 부르지 마요. 사문이 아니라면 저와 동문이 아니잖아요."

차가운 그녀의 말을 들으니 가슴이 아팠지만 그래도 겁을 먹은 것은 아닌 듯했다.

석금명이 한숨을 내쉬며 말했다.

"그래, 아무것도 말하지 않고 내 사정만을 강요하는 건 예의가 아니지."

"…들어도 변하는 건 아무것도 없어요."

"일단 들어보기라도 해줘."

석금명은 과거를 회상하는지 거센 비가 부딪쳐 오는 창문을 바라보며 말했다.

"나의 본명은 위금명. 멸문한 해남파의 마지막 혈손이야."

"해… 남파의 혈손?"

석금명의 입에서 나온 뜻밖의 말에 설유라는 순간 할 말을 잃고 말았다.

그녀가 알기로 해남파는 검문이 한 사람도 남기지 않고 죽여서 멸문시킨 몇 안 되는 문파 중 하나였다.

해남파의 혈손이나 제자들은 검문과의 전쟁으로 누구도 살아남지 못한 걸로 알고 있는데, 석금명이 자신의 입으로 해남파의 마지막 혈손이라 밝힌 것이다.

"그럴 리가 없어요. 해남파의 사람들은 전부……."

"전부가 아니야. 왜냐하면 나는… 서출이었기 때문에 해남파 밖에서 생활했거든."

처음 밝히는 그의 출생의 비밀에 설유라는 입을 다물었다.

석금명이 조금은 가라앉은 목소리로 이야기를 시작했다.

그의 본명은 위금명.

멸문한 해남파 장문인 위진홍의 숨겨진 자식이었다.

홍등가 기생의 자식으로 태어난 그는 장문인의 자식이었음에도 불구하고 밝힐 수 없는 애물단지와도 같았다.

왜냐하면 위진홍에게는 명문가의 본처와 아들이 있었기 때문이다.

그래도 천성이 나쁘지 않고 책임감이 없는 자가 아니었기에 위진홍은 자신의 아이인 위금명과 그 어미를 해남도 밖인 뇌주반도의 뇌주시에 집을 마련해 주고 생활비를 보내주었다.

심지어는 몇 달에 한 번씩 찾아와서 석금명에게 글을 가르쳐 주고 놀아줄 만큼 추억도 남아 있었다.

그러나 그것은 아무것도 모르던 어린 시절이었다.

"어릴 때는 몰랐지만 생각할 수 있는 나이가 되니 스스로의 입장을 알게 되더군."

석금명은 자신의 처지를 알게 되자 어린 나이에도 불구하고 스스로를 비관할 수밖에 없었다.

왜냐하면 아비가 명성 높은 해남파의 장문인인데 자신은 누구의 자식인지 밝히지도 못하고 생을 살아가야 했기 때문이다.

그 같은 석금명의 변화를 알아챈 위진홍은 마음이 아플 수밖에 없었다.

아무리 첩의 자식이라고 해도 아들은 아들이었으니 말이다.

명문정파의 장문인이라는 입장 때문에 아무것도 밝히지 못하고 애비 없는 자식으로 살게 만든 것에 심한 가책을 느낀 위진홍은 고민 끝에 뇌주시에서 한창 신생 문파로 성장하고 있는 검문에 그를 입문시켰다.

"내가 자질이 있어서 들어간 것 같나?"

"그럼요?"

"크큭, 빌어먹을 돈 덕분이지."

석금명의 자질이 낮은 것은 아니었지만, 첫째 제자인 종현에 비한다면 그리 뛰어난 근골이 아니었기에 거절하려 한 검황은 위진홍에게서 거액의 후원금을 받고 그를 제자로 받아들였다.

어차피 일인전승이었기 때문에 뛰어난 제자는 한 명이면 충분했기 때문이다.

검황이 후원금 때문에 석금명을 제자로 받아들였다는 말에 설유라는 믿을 수 없다는 표정을 지었다.

"그, 그럴 리가 없어요."

"웃기는 게 뭔 줄 알아? 검황은 아직도 나를 해남파와 관련되어 있는 게 아니라 해남표국 출신으로 알고 있다는 거야."

본래 검문은 일인전승의 은거 문파였다.

검문의 무(武)는 선도를 지향하는 만큼 무림에 전면으로 나서는 것은 원칙이 아니었다.

그러다 선대 문주인 육영이 과거의 빚을 갚기 위해 먼 북무림까지 가서 목숨을 잃게 되면서 숨겨둔 야망을 드러냈다.

뛰어난 오성으로 선대 문주에 버금가는 무위를 지닌 검황은 빠르게 주변 중소 문파들을 정리하고 문도들을 흡수했다.

그러나 여기에 문제가 있었다.

웅대한 패권에 대한 야망과 달리 기존의 검문이 쌓아둔 재화나 기반이 없었기 때문에 무(無)에서부터 시작하는 것과 마찬가지였다.

그런 와중에 해남파의 후원금은 가뭄의 단비와도 같았다.

"검황은 고민할 것도 없이 바로 수락했지."

"사부님이 그럴 리가……."

쉽게 믿지 못하는 설유라의 표정에 석금명이 씁쓸하게 고개를 저었다.

"오히려 검문을 사문으로 생각하지 않는다면서 어릴 적부터 입문한 게 맞잖아요? 사형의 배신을 납득할 만한 사유가 되지 못해요."

"아직 이야기는 끝나지 않았어."

"흥, 뭐가 끝나지 않았다는 거예요?"

"아버님께서 검황에게 나를 추천해 주었지만 사실 내겐 이미 사문이 있었지."

"네?"

석금명의 의미심장한 말에 설유라가 이해할 수 없다는 표정을 지었다.

검황 정도 되는 고수가 아무리 자금이 부족하다고 해도 이미 타 문파의 내공 기초를 쌓은 자를 제자로 받아들일 리 없었다.

"뭐, 내공의 기초를 쌓기 전이었기 때문에 검황 그 늙은이도 눈치채지 못했지."

그것은 아주 공교로운 일이었다.

자신의 처지에 대해 한참 비관적이던 석금명은 매일같이 밖을 나돌며 비뚤어져 갔다.

이를 안타까워하던 그의 어미인 석 부인이 위진홍에게 말해 검문의 제자로 들어가도록 추천한 것이다.

검문으로 들어가기 한 달 전.

마을 밖의 이 산 저 산을 돌아다니던 어린 석금명은 갑자기 떨어지는 소나기를 피해서 우연히 산 깊숙이에 있는 한 동굴을 발견하게 된다.

"그때 그분을 만나게 되었지."

"그분?"

"나의 진정한 스승이시지."

주인 없는 동굴이라 생각한 곳에서는 비가 내려서인지 묘한 피 냄새가 풍겨왔다.

알 수 없는 피비린내에 호기심이 생긴 석금명은 두려움도 잊고 어두운 동굴 안으로 끝까지 들어가 보았다.

동굴의 끝에 도달했을 때 그 안에서 전신에 큰 상처를 입고 잠들어 있는 괴인을 발견했다.

뭔가 위험함을 감지한 석금명은 뒷걸음치며 도망가려 했지만 늦었다.

잠에서 깨어난 괴인이 단숨에 석금명을 붙잡았다. 아이라고 봐주지 않고 그를 거꾸로 매달아두고 어째서 동굴에서 도망쳤는지 다그쳤다.

"아직도 그 목소리를 처음 들었을 때를 잊을 수가 없지."

—네놈은 누구냐? 날 죽이기 위해서 온 것이냐?

듣는 것만으로도 소름 돋는 목소리에 두려움을 느낀 어린 석금명은 살기 위해서 온갖 해명을 하는 수밖에 없었다.

그러다 자신의 처지를 되새긴 석금명은 당돌하게도 괴인에게 말했다.

—생각해 보니 이런 짜증 나는 세상, 더 산다고 달라질 것도 없는데 죽이든지 살리든지 당신 마음대로 하세요.

괴인은 그런 석금명의 당돌한 말투가 마음에 들었는지 살의가 넘치던 태도가 바뀌었다.

—내가 겁이 나지 않느냐?

—어차피 사람인데 뭘 겁내요. 그냥 제가 죽을까 봐 겁난 거죠.

—크크큭, 재밌는 녀석이로구나. 아이야, 만약 살 수만 있다면 이 짜증 나는 세상을 부수고 싶은 생각은 없느냐?

처음에는 그냥 하는 말이라고 생각했다.

하지만 산발을 하고 있는 머리카락 사이에서 보이는 붉은 눈동자에 담긴 세상을 향한 거대한 분노를 느낀 순간 그에게 감응될 수밖에 없었다.

─나의 손과 발이 되어 세상을 뒤집고 부숴라.

그날 석금명은 홀린 듯이 그의 제자가 되었다.

석금명을 마음에 들어한 그는 그에게 내공의 기초를 쌓기 위한 훈련을 시켰다.

"붉은 눈? 부활자라는 건가요?"

설유라가 의아한 눈빛으로 물었다.

이미 혈교와의 전쟁 때문에 붉은 안광을 가진 자들이 혈교의 금지된 술법으로 되살아난 부활자라는 사실은 전 무림에 알려진 지 오래였다.

부정하지 않는지 석금명은 아무 대답 없이 말을 이어갔다.

그렇게 정체불명의 괴인을 스승으로 둔 석금명은 위진홍의 배려에도 불구하고 검문으로 들어가는 것을 거부했다.

하지만 불과 하루 만에 거부한 것을 철회하고 검문으로 입문하고 싶다는 의사를 밝혔다.

"왜 그런 거죠?"

"…스승님의 명이 있었기 때문이지."

"네?"

괴인은 뜻밖에도 석금명에게 검문으로 들어가라고 권했다.

이해할 수 없던 석금명이 거부하려 했으나, 그가 납득할 만한 이유를 내주었다.

검문의 유성검법이 천하삼절 중의 하나였기 때문에 그것을 탈취해서 양분으로 삼으라는 명 때문이었다.

"지, 지금 그걸 말이라고 하나요? 그럼 그자의 무공을 훔치라는 명 때문에 검문에 입문했다고 얘기하는 건가요?"

결국 검문의 무공을 취하기 위해서 입문했다는 말이 아닌가.

무공의 비급을 중요시 여기는 무림에 있어서 가장 금기시하는 짓이다.

이 사실을 검황 앞에서 말했다면 그 자리에서 석금명의 목을 베었을지도 모른다.

"유성검법을 익히기 위해서 그런 것 같나?"

"그럼요?"

"유성검법을 파훼하기 위해서이다."

석금명의 광오한 말에 설유라는 질린다는 표정을 지었다.

유성검법은 무림사에 있어서 천마와 더불어 전설적인 무인인 검선이 창안한 절기이다.

그의 유일한 호적수이던 천마조차도 꺾은 적이 없는 검법을 파훼하기 위해서라니 오만한 말이었다.

"뭐, 하지만 파훼는 못했지."

"휴우."

설유라가 안도의 숨을 내쉬었다.

석금명이 가져온 유성검법을 파훼하기 위한 새로운 검법을 창안하기 위해 괴인은 상당한 세월을 투자했지만 워낙 공수와 강유가 완벽한 박자를 맞춘 유성검법을 파훼할 방법이 없었다.

"막상 유성검법을 배우기까지 십 년의 세월이 걸렸지."

막 입문한 석금명에게 검황은 마음을 열지 않았다.

왜냐하면 그는 해남파의 후원금을 받기 위한 용도로 정해져 있었기 때문이다.

그러나 스승인 붉은 눈의 괴인의 명을 이수하기 위해 석금명은 극진하게 검황을 모셨고, 조금씩 마음을 열게 만들었다.

십 년이 지났을 무렵 검황은 그를 제자로 인정하고 유성검법 전수를 시작했다.

그때까지만 하더라도 모든 것이 뜻대로 되어간다고 생각했다.

"검문은 뇌주시에서 이름을 날리는 문파로 성장했지만 여전히 뇌주반도의 일인자는 해남파였지. 해남파를 넘기지 않고는 그 위로 올라갈 수 없는 상황이었어."

"…아아아."

"검황 그 늙은이는 야욕이 지나칠 정도로 넘치는 자였지."

이미 그다음에 벌어진 일을 알고 있었기에 설유라의 안색이 좋지 않았다.

검황은 십 년 동안이나 해남파의 장문인인 위진홍에게 후원금을 받아왔는데 과감하게 해남파를 칠 계획을 짰다.

십 년이라는 세월 동안 많은 신뢰를 쌓아온 석금명이었지만 해남파와 연관이 있다는 이유로 검황은 모든 계획에서 그를 배제했다.

그리고 대망의 결전 일.

아무것도 모른 채 검황의 명을 받고 석금명은 타지를 다녀오느라 자리를 비우고 말았다.

그날 밤 검문은 모든 전력을 대동해서 섬으로 건너가 해남파를 기습했다.

"선도와 정도를 자처하는 놈이 쥐새끼처럼 밤에 기어들어가서 내 아비의 목을 베었지. 그리고 그걸 자랑스럽게 창에 꽂아서 전리품이랍시고 들고 오더군."

석금명의 떨리는 목소리는 그가 얼마나 분노하고 있는지 알려주었다.

이야기를 듣는 내내 고개를 들 수 없을 정도로 부끄러움과 참담함이 설유라의 가슴을 후벼 팠다.

"그날따라 불안한 마음이 들어서 새벽에 급하게 돌아왔다."

이른 새벽에 급하게 검황의 명을 이수하고 돌아온 석금명은 그들이 해남파를 친다는 소식을 뒤늦게 접하고 급하게 섬을 건넜다.

하지만 섬을 건넜을 때 검문은 북부에 있던 해남표국의 재화를 약탈하고 있었다.

양심이 조금이라도 남은 것일까.

검문 사람들은 해남표국의 국주와 부국주를 제외한 모든 사람을 해하지 않았다.

"종현 빌어먹을 놈이 내게 와서 말하더구나."

"…대사형이요?"

─사제, 사부님께서 자네를 걱정해서 이번 거사에는 제외했네. 그리고 표국 사람들은 건드리지 않았네. 사부님의 배려에 감사하도록 하게.

십 년 전 위진홍은 검문에 석금명을 추천할 때 검황에게 이렇게 전서를 보냈다.

귀 파에 본 장문인의 조카를 추천하려고 합니다. 조카는 해남표국의 표사로 일하고 있는 석 아무개의 둘째 아들로……

검황은 여태껏 그를 해남표국 표사 집안사람으로 알고 있던 것이다.

검황을 비롯한 사형인 종현은 그를 위한 배려랍시고 해남표국의 국주와 부국주만을 처리했다는 것이다.

─해남파는 사제 자네와 연이 없는 자들이 아니나 본 문이 앞으로 뻗어나가기 위해서는 반드시 거쳐야 하는 관문이었네."

너무 어이가 없어서 할 말을 잃고 말았다.

더군다나 종현의 뒤편에 검문의 문도 한 명이 자랑스럽게 수급을 꼬챙이에 꽂아서 돌아다니고 있었는데, 그의 아비인 해남파의 장문인 위진홍의 수급이었다.

검황에게 기습을 당한 위진홍은 어찌나 억울했는지 두 눈도 감지 못하고 죽임을 당했다.

위진홍의 수급을 본 석금명은 그 자리에 있는 모든 사람을 전부 죽여 버리고 싶었다.

"하지만 사매, 나는 바보가 아니거든."

"바보가… 아니라뇨?"

"고작 이류 정도의 실력에 불과한 내가 검황을 죽일 수 있을 리가 없잖아?"

석금명은 슬픔, 분노, 좌절, 고통과 같은 모든 최악의 감정이 그의 가슴을 쓸어내렸지만 절대로 내색하지 않았다. 입술이 뜯기고 손바닥에 손톱이 파고들어 피가 흘러내리는 것으로 모든 감정을 숨겼다.

'친부가 죽었는데 참았다고?'

설유라는 그 모든 분노를 참아냈다는 석금명의 절제하는 인내심이 무서웠다.

생각해 보니 정말 그의 말대로 검황이 그런 짓을 벌였다면 하늘 아래 절대로 용납할 수 없는 원수라는 말인데 지금까지 그것을 숨겨왔다는 말이 아닌가.

'대체 어째서?'

이해할 수가 없었다.

그렇다면 차라리 원수인 검황의 손에서 벗어나 힘을 기르는 편이 낫지 않은가.

어째서 그의 옆에서 무림 일통을 도운 것일까.

잠시 망설이던 설유라가 결국 입 밖으로 그 의문을 드러냈다.

"어째서? 어째서죠? 부모의 원수라면 더욱 같이 있기 힘들 잖아요."

"크크크큭, 왜 그랬을까?"

콰르르릉! 번쩍!

"꺄악!"

번개가 내리치며 석금명의 얼굴에 짙은 음영이 생겨났다.

눈매가 위로 올라가며 히죽거리는 석금명의 얼굴은 이때까지 그녀가 보아온 그 인자한 모습의 사형이 아니었다.

"그때 검황은 아무리 뛰어났어도 무림 전체로 치면 쥐뿔도 없었거든. 이제 겨우 시작인 데다 가진 게 없는 자가 뭘 잃었다고 고통스럽겠나."

"설마 당신?"

"이젠 사형이라고도 부르지 않는구나."

석금명이 씁쓸해하며 계속해서 말을 이어갔다.

"인간은 가진 것이 많을수록 두려움이 많아지고 그것을 잃지 않기 위해서 갖은 추악한 짓을 저지르지. 나는 검황이 모든 것을 가졌을 때 최악의 밑으로까지 끌어내서 그에게 세상에 다시없을 고통을 선사해 주려고 하는 것이다."

그것은 그저 호언이 아니었다.

석금명의 말대로 무림 일통을 이룬 뒤로 점차 무너져 가는 무림맹과, 잦은 배신으로 검황은 점차 흔들리다 못해 무너져 내려가고 있었다.

"대체 어디까지 가려는 거죠?"

"끝까지! 검문을 비롯해 그들과 관련된 모든 자를 전부 죽이고 검황이 완전히 정신적으로 무너져 내렸을 때, 내 손으로 그 목을 베어 쇠꼬챙이에 꽂고 오지산 위에서 죽은 해남파의 문도들과 내 아버지의 넋을 기릴 것이다!"

검황이 저지른 야욕을 위한 과거가 무서운 복수를 낳은 것이다.

그의 고통이 이해가 가지 않는 것은 아니었지만 당사자만이 아닌 모든 것을 파멸시키려는 석금명의 복수가 너무 무서웠다.

"…정말 무섭군요. 사형 당신이란 사람은."

아직은 그 목표가 달성되지 않았으나 지금 같은 상황이라면 그리 멀지 않은 듯했다.

검황은 강했으나 서서히 그는 힘을 잃어가고 있었다.

"아무리 약해졌다고 해도 사부님이 당신한테 당할 것 같아요?"

그 힘이 약해진 것은 세력을 의미했다.

아직까지는 무림맹의 맹주였고, 그의 밑에는 종현을 비롯한 여러 고수가 버티고 있었다.

그리고 검황 자신이 무림의 다섯 절대자 중의 하나인 오황이다.

아무리 석금명의 복수가 많이 진행되었다고 한들 지금 당장에 어찌할 수는 없었다.

"후후후, 멀지 않았어. 그리고 지금이라도 그분께서 나서서……."

석금명의 말이 끝나기도 전이다.

누군가 급하게 접객당으로 들어와 객실 방문을 두드렸다.

쿵쿵쿵!

"무슨 일이냐?"

"서, 석 단주, 큰일입니다!"

다급한 목소리에 의아해진 석금명이 문을 열었다.

얼마나 급하게 왔는지 온몸이 비에 젖다 못해서 흙투성이가 되어 있는 이자는 해남표국의 복장인 파란 옷에 오지산 문양이 그려진 두건을 쓰고 있었다.

"무슨 일이기에 이곳까지 올라온 것이냐?"

"표, 표국에 적이 습격했습니다."

"적? 누가 여길 쳐들어온다는 것이냐? 더군다나 이 폭우가 몰아치는 날에!"

해남도로 넘어오려면 맑은 날씨가 아니면 힘들다.

반도와 섬 사이 충주해협의 조류가 거센 데다 폭풍우마저 몰아치면 무조건 배가 뒤집혀 난파당할 확률이 높기 때문이다.

적습이 있을 수 있는 상황이 아니었다.

"단주, 지금 이럴 시간이 없습니다. 이미 북부 방어선이 무너졌습니다. 어서 제삼 봉으로 가서서 북호……."

촤악!

그 순간 표사의 몸이 반으로 갈라지며 피가 분수처럼 치솟아 석금명의 얼굴을 뒤덮었다.

기척조차 느끼지 못했는데 석금명의 눈앞에 검은 장포를 걸친 사내가 서 있었다.

끝없는 어둠처럼 느껴지는 사내의 엄청난 기세에 석금명은 자신도 모르게 사색이 되어 뒷걸음을 치고 말았다.

뒤에 있던 설유라가 환한 얼굴로 외쳤다.

"사마 공자!"

그는 바로 천마였다.

81장

해남표국

불과 한 시진 전.

해남도 북부 충주포구의 인근에는 해남표국이 자리하고 있다.

표국이라는 명칭으로 개국했지만 실질적인 수입은 교역을 위주로 활동하기 때문에 포구를 거점으로 두고 있었다.

며칠째 계속되는 태풍으로 인해 폭우가 몰아치고 충주해협의 조류가 거세져 해남표국의 모든 업무는 중지된 상태였다.

해남표국이 운영하는 배의 선주들이나 선원들은 조류가 거센 충주해협을 제 집 드나들 듯 하는 오랜 경력을 가지고 있었지만 이런 날씨에는 그들도 어쩔 도리가 없었다.

철썩철썩!

높은 파도가 연신 포구를 때렸다.

거센 비바람이 몰아치는 포구에는 정박되어 이리저리 파도에 들썩이는 배들이 부딪쳐서 부서지지 않게 선원들이 매일같이 느슨해진 줄을 묶으러 나왔다.

"제길! 올해 태풍은 왜 이렇게 오래가는 거야!"

"잔소리하지 말고 어서 묶기나 해!"

한두 척도 아니고 열두 척이나 되는 배의 줄을 다시 묶는 일은 여간 번거로운 게 아니었다.

각 배의 당직 선원 두 명이 나와서 느슨해진 줄을 포구의 고정대에 묶었다.

워낙 비바람이 세다 보니 배가 흔들리는 것을 지탱하는 고정대도 다시 한 번 망치로 두들겨 줘야 했다.

"응? 뭐지?"

흔들리는 배 위에 올라가서 밧줄을 묶고 있던 선원 한평이 이상하다는 눈빛으로 일을 멈추고 바다 쪽을 바라보자, 포구의 고정대에서 줄을 잡고 있던 선원 득만이 물었다.

"어이, 왜 그러는 거야?"

"득만아, 내 눈이 잘못된 게 아니면 저거 혹시 배냐?"

"뭐? 이런 미친 날씨에 무슨 헛소리야?"

폭풍우가 몰아치는 것도 모자라서 해협의 조류가 최악으로 거세진 마당에 어느 미친 선주가 배를 띄운단 말인가.

그것은 자살 행위나 마찬가지였다.

"아니야. 저기 배가 이쪽으로 오는데 빠, 빨라!"

"무슨 헛소리를 계속 잠꼬대처럼… 엇?"

높게 들썩이는 파도 때문에 보이지 않아서 결국 배 위로 올라온 득만의 눈이 큼지막해졌다.

한평의 말을 우스갯소리로 취급했는데 정말 배가 있었다.

폭풍우와 거센 파도를 뚫고 배는 정말 빠른 속도로 포구를 향해 다가오고 있었다.

그리 큰 배도 아니고 어선으로 보였는데, 믿기 힘든 광경이었다.

"마, 말도 안 돼!"

"실화냐?"

배는 이미 지척까지 다가오고 있었다.

포구 인근 바다로 배가 진입해 오자 줄을 묶고 있던 당직 선원들 전부가 알아챌 수밖에 없었다.

이런 폭풍우를 뚫고 해협을 건너온 배는 그야말로 용신의 축복을 받았다고 할 수 있었다.

당직 선원 모두가 바닷사람이다 보니 말을 거칠게 내뱉으면서도 감탄을 금치 못했다.

그러나 배가 포구의 선착장에 완전히 정박했을 때 상황은 달라졌다.

탁!

배 위에서 너무도 가볍게 포구의 선착장 위로 뛰어내린 세 명의 죽립인은 어부가 아니었다.

"무림인?"

허리와 등에 차고 있는 검집을 보아하니 분명 무림인이 틀림없었다.

당직 선원들의 표정이 의아해졌다.

근래에 섬을 방문하기로 되어 있는 자들에 대한 언질을 받은 적이 없기 때문이다.

더군다나 제대로 된 배가 아니라 어선을 타고 나타났다는 것은……

"적이야! 적이 틀림없어!"

해남도로 방문하는 무림인은 정해진 배를 타고 온다.

오지산의 문양이 그려진 배를 타고 오지 않는 무림인이 있다면 그는 방문객이나 아군이 아니었다.

"한평, 어서 표국으로 가서 표사님들께 알리세."

태풍으로 인해서 표국의 경계망이 느슨해진 상황이었다.

평소라면 교대로 포구에 배치되어 돌아다녔을 순찰무사들도 거센 비바람에 전부 철수했다.

그들과 같은 판단을 했는지 선원들이 뒤도 돌아보지 않고 표국이 있는 방향으로 냅다 뛰기 시작했다.

그러나.

퍽!

"크헉!"

어느새 움직였는지 한 죽립인이 그들의 앞을 가로막고 맨 앞에 달리고 있던 한평을 일격에 때려눕혔다.

그는 다름 아닌 마교의 칠 장로인 철마권 모자웅이었다.

"어디를 가시려고 그러나?"

표국으로 달려가 적으로 보이는 무림인들이 침입했다고 알리려 한 선원들이었다.

그들은 무공을 익힌 것이 아니었기에 모자웅의 박력에 두려울 수밖에 없었다.

"복색을 보아하니 선원들 같은데, 죽이진 않으마."

모자웅의 신형이 빠르게 움직이며 순식간에 눈앞에 있는 선원들을 주먹으로 때려눕혔다.

물론 단 한 명을 제외하고 말이다.

득만은 비가 고인 바닥에 엉덩방아를 찧고 모자웅을 바라보았다.

"자, 그럼 해남표국이 어디에 있는지 알려줄 수 있겠나?"

바닥에 쓰러져 있는 동료들과 같은 신세가 될 거라는 두려움에 빠진 득만은 순순히 표국을 손으로 가리켰다.

포구에서 얼마 떨어지지 않은 곳에 표국으로 보이는 큰 장원이 보였다.

"아, 코앞이었네."

"사, 살려주시는 겁니까?"

"죽일 생각은 애초부터 없었다네. 그럼 자네도 잠들어 있게나."

퍽!

"<u>끄으으으!</u>"

모자웅의 주먹에 복부를 맞은 득만이 고통으로 일순간에 기절하고 말았다.

사실 살려주기는 했으나 이렇게 거센 비가 몰아치는 곳에 내버려 뒀다가는 체온이 떨어져 죽기 십상이다.

"어디지?"

어느새 그의 곁으로 다가온 다른 죽립인 두 명이 있었으니, 바로 천마와 동검귀 성진경이었다.

모자웅이 득만이 알려준 큰 장원을 손으로 가리키며 말했다.

"저쪽이 해남표국입니다."

"그래?"

천마가 앞장서서 표국을 향해 경공을 펼쳤다.

큰 장원의 문 앞에는 해남표국(海南鏢局)의 커다란 현판이 걸려 있었다.

평소라면 문 앞을 지키는 문지기가 있었겠지만 태풍으로 인해 비바람이 거세고 잠시 휴업 상태였기 때문에 아무도 지키고 있지 않았다.

"어떻게 할까요?"

모자웅이 굳게 닫혀 있는 표국의 대문을 쳐다보며 천마에게 물었다.

천마는 아무렇지도 않게 말했다.

"표국주나 부국주 같은 윗선만 남기고 전부 죽여라."

"전부요?"

무림의 문파도 아니고 표국의 사람들을 전부 죽이라는 말에 모자웅이 의아해했다.

하지만 천마의 생각은 달랐다.

이미 해남표국이 현 무림의 대소사에 개입하고 있는 모종의 세력임을 알고 있기에 굳이 살려둘 가치를 느끼지 못했다.

단지 이곳에 온 이유는 해남표국의 배후에 있는 세력을 밝히기 위해서였다.

"주군의 명을 받듭니다."

챙!

동검귀는 말없이 등에 차고 있는 검집에서 보검을 빼 들었다. 이미 명령이 떨어졌는데 왈가왈부할 필요는 없었다.

평소라면 보검들이 든 철갑을 메고 왔겠지만, 천마와의 대련으로 대다수가 부서진 탓에 다시 주조하는 과정에 있기 때문에 단 한 자루의 보검만을 챙겨온 그였다.

천마가 대문을 베기 위해 검을 겨냥하는 성진경을 향해 말했다.

"아, 혹시 도망치거나 하는 녀석이 있다면 한두 놈 정도는 남겨놓아라."

"알겠습니다."

촤촤촥!

진경의 손에 들려 있는 보검이 가볍게 움직이자 눈앞에 있던 대문이 갈라지며 문이 열렸다.

바닥에 고여 있는 빗물로 대문의 갈라진 조각들이 떨어지는 것과 동시에 장원 대문 내의 초소에 있던 문지기들이 화들짝 놀라며 튀어나왔다.

"누구냐? 누가 감히 본 표국을 침입하는 것이냐!"

"누구긴 누구야!"

천마가 가볍게 손가락을 튕기자 빗방울이 날카로운 검처럼 날아가 문지기 두 명의 미간을 꿰뚫었다.

푸푹! 첨벙!

문지기들은 비명도 지르지 못하고 바닥에 쓰러졌다.

쓰러지기 전에 문지기들의 외침을 들은 근방 건물 안에 있던 몇몇 표국의 무사들이 튀어나왔다.

"앗?"

바닥에 쓰러진 문지기들을 보며 상황을 파악한 무사가 큰 소리로 외쳤다.

"적이다! 적이 습격했다!"

우르르르르!

내공이 실린 단 한 번의 외침에 불과했지만 주변에 있던 건물 내에 있던 무사들과 표사들이 일제히 장원의 입구 쪽으로 몰려들었다.

댕댕댕!

빗소리로 시끄러운 장원 내부에 적습을 알리는 종이 울려 퍼졌다.

표국이라고는 믿기 힘든 만큼 일사불란하게 무장하고 몰려드는 무사들에 천마의 눈이 이채를 띠었다.

'역시 단순한 표국이 아니군.'

이 정도면 제대로 훈련받은 문파의 경계 대응 수준이다.

어느새 현관 내부의 정원으로 수십 명에 이르는 무사들이 몰려와 방어진을 형성했고, 장원 건물의 천장 위로 궁사들이 올라가 현관 입구에 서 있는 천마 등을 향해 화살의 시위를 겨냥하고 있었다.

"안에 있던 녀석들은 다 나왔군."

훈련을 받았기 때문에 빠르게 경계 태세를 갖췄지만 갑작스러운 적의 등장에 표국 내 무사들의 얼굴에 긴장감이 돌았다.

고작 세 명에 불과했지만 천마를 비롯한 성진경과 모자웅이 풍기는 분위기가 심상치 않음을 느꼈기 때문이다.

"무슨 소란이냐?"

그때 표국의 장원 본당 건물에서 강단 있어 보이는 짙은 눈썹의 노인과 백색 옷을 입은 중년인이 걸어나왔다.

"국주님, 저들이 문지기들을 죽이고 표국으로 침입했습니다."

노인은 해남표국의 표국주인 감원찬이었다.

그리고 그 옆에 서 있는 중년인은.

"호오? 아직 살아 있었나?"

뜻밖에도 천마와 안면이 있는 자였다.

그는 다름 아닌 전(前) 검하칠위의 사석이던 문율이었다.

북부 몽고의 초원에서 혈교인들의 습격으로 문율이 죽었다고 알고 있는 천마였다.

"이 목소리는?"

문율 역시도 익숙한 목소리에 눈에 이채가 띠었다.

북해정벌단을 차출하기 위해 사마세가에 방문했을 때부터 유일하게 목소리부터 그 모습까지 기억 속에 남아 있는 자가 있다.

"네 녀석, 사마영천이구나?"

문율은 여전히 천마를 사마세가의 셋째 공자로 생각하고 있었다.

'아직 모르는 건가?'

무림맹의 감시망을 피해서 종적을 감추느라 정신이 없던 문율은 천마의 진정한 정체를 모르고 있었다.

그런 문율을 향해 천마가 입꼬리를 올리며 말했다.

"마침 잘됐군. 네 녀석을 직접 손보고 싶었는데 이런 식으로 만나다니 말이야."

북해정벌단에 합류할 당시 모용세가에서부터 천마의 심기를 자극하던 문율이다.

그 당시에는 무공이 완전히 회복되지 않은 상태여서 직접적으로 부딪치지 않은 천마였다.

"뭐? 직접 손을 봐? 하! 애송이 주제에 아직도 그 오만한 말투는 여전하구나!"

문율의 기억 속에 천마는 성장 가능성이 높은 후기지수였다.

제법 실력이 높기는 했지만 아직까지 자신의 상대는 아니라고 생각했다.

약관의 나이에 초절정의 경지였기에 당시 설유라의 비호만 아니었다면 진즉에 처리하고 싶었다.

'이놈이 어째서 이곳에 나타난 건지는 모르겠지만 팔다리를 자르고 나서 물어봐도 늦지 않겠지.'

"일단 네 녀석의 그 오만한 입부터 찢어주마!"

천마를 향해 일갈을 내지른 문율이 빠르게 앞으로 튕겨 나왔다.

문율은 단숨에 십 성 공력을 끌어 올려 천마를 향해 일장을 날렸다.

그 당시에는 천마를 회유하고자 하는 마음에 공력에 전력을 담지 않았지만 이번에는 달랐다.

바로 그때였다.

"누구 마음대로 주군을 해하려는 것이냐?"

"뭣?"

천마의 몸에 일장이 닿기도 전에 옆에 있던 동검귀 성진경이 그의 앞을 가로막으며 검을 휘둘렀다.

예상치 못한 성진경의 일검에 당황한 문율이 장력을 거두며 몸을 틀었으나 그의 약지와 새끼손가락이 검에 잘려 나갔다.

"끄윽!"

손가락이 잘리는 순간 문율은 빠르게 보법으로 신형을 벌렸다.

죽립을 쓰고 있는 데다 기운이 갈무리되어 있어서 전혀 느끼지 못했는데 이 정도로 쾌속한 일검이라면 적어도 자신보다 하수는 아니었다.

'이놈, 믿는 구석이 있었구나.'

마지막으로 천마를 보았을 때를 기준으로 상대를 판단한 것이 방심을 불렀다.

문율이 거리를 벌리자 이를 지켜보던 표국주 감원찬이 외쳤다.

"쏴라!"

그러자 장원 본당 건물 위에서 활의 시위를 겨누고 있던 궁수들이 일제히 화살을 쏘았다.

수십 개의 화살이 거친 빗줄기를 가르고 천마와 일행을 향해 쇄도했다.

"어리석기는."

슉!

화살이 날아오는 짧은 찰나의 순간 천마가 가볍게 손을 휘젓자 놀랍게도 날아온 화살들이 닿기도 전에 산산조각이 나고 말았다.

"마, 말도 안 돼!"

이를 지켜본 주변 표국 무사들의 눈빛에 경악이 서렸다.

궁수들은 무공을 익힌 자들로 화살을 쏠 때 공력을 실어서

어지간한 실력으로는 막기 힘들다.

'일순간 기가 엄청나게 팽창했다.'

놀란 것은 표국의 무사들뿐만이 아니었다.

방금 전까지 천마에 대해서 아직은 자신에게 못 미치는 실력을 지녔다고 여긴 그였지만, 이미 한 수만으로 모든 판단이 바뀌었다.

'전율적인 공력이다. 어떻게 불과 이 년 만에 이렇게 진일보한 거지?'

진일보라는 표현도 어울리지 않았다.

'사기가 꺾였구나. 더 낭패를 보기 전에 먼저 쳐야 해.'

다른 사람들이야 그렇다 치더라도 가장 믿고 있던 전 검하 칠위인 문율조차 적에 대한 놀람을 감추지 못하자 표국주 감원찬이 다급한 목소리로 외쳤다.

"쳐라!"

감원찬의 명령이 떨어지자 당혹스러워하던 표국의 무사들이 일제히 달려들었다.

평범한 표국이라면 일급 표사 외에는 고수들이 없겠지만 놀랍게도 해남표국의 무사들은 전부 일류 고수들로 이루어져 있었다.

'그냥 문파 그 자체로군. 표국의 탈만 썼을 뿐이야.'

하지만 천마를 비롯해 동검귀 성진경에게 있어서는 삼류든 일류 고수든 상대함에 있어서 큰 차이가 없었다.

"좋아! 크하하하핫!"

얼마 전에 있던 혈교와의 대전쟁에 참전하지 못한 칠 장로 모자웅이다.

오랜만에 겪는 실전에 전의가 불타올랐다.

채채채챙!

앞으로 튀어나간 모자웅이 찔러들어 오는 검을 주먹을 교차해서 막았다.

그의 팔목에는 은빛 쇠고랑들이 있었는데, 날카롭게 찔러오는 검을 막을 정도로 단단했다.

'은빛 쇠고랑?'

"처, 철마권 모자웅?"

"모자웅이다!"

마교의 뇌주 지부에서 활동한 모자웅은 남무림에서 명성이 높았다.

해남표국에 있는 무사의 대다수는 남무림을 중심으로 활동했으니 그를 모를 리가 없었다.

"하압!"

모자웅이 교차한 주먹을 내지르며 권을 뻗자 권기(拳氣)가 사방으로 뻗어나가며 그에게 검을 휘둘렀던 표국의 무사들이 튕겨 나갔다.

파파팍!

"크헉!"

일격에 여섯 명의 무사가 나가떨어지자 표국주 감원찬의 안색이 어두워졌다.

'모자웅은 마교의 초절정 고수인데.'

철마권이라는 명성도 명성이지만 그는 마교의 고수였다.

그렇다는 것은 남은 두 명 역시도 마교의 고수일 확률이 높았다.

잘린 손가락을 천으로 단단히 묶어 지혈하고 있던 문율이 표국주에게 물었다.

"알고 있는 자요?"

"문 단주, 저자는 철마권 모자웅일세. 마교 사람이네."

"마교?"

문율이 알기로 사마영천은 정파 사마세가의 사람이었다.

그와 같이 있기에 정파 쪽 인물일 거라 생각했는데 예상과 다르자 문율 또한 의아해하기는 매한가지였다.

'대체 이게 무슨 일이야?'

가볍게 생각할 수 있는 부분이 아니었다.

절대로 해협을 건널 수 없는 태풍이 몰아치는 날씨에 나타난 것도 모자라서 해남표국을 습격했다.

'설마 우리의 존재를 마교에서 알아챘단 말인가?'

가장 밀접하게 배후에서 활동하던 무림맹과 사파 연맹조차도 그들의 존재를 알아채지 못했다.

그런데 직접적으로 관여한 적이 없는 마교에서 그들의 존재를 알아챈다는 것은 더더욱 이해하기 힘든 일이었다.

[감 단주, 아무래도 저들의 무위가 높아서 얼마 버티지 못할 것 같소. 오지산으로 사람을 보내서 '그'를 부르시오.]

[문 단주는 어쩌시려고?]

[저들의 무공이 높아서 내가 참전해야 시간을 끌 수 있소. 어서 서두르시오.]

문율의 전음에 공감했는지 감원찬이 고개를 끄덕이고는 조심스레 격전이 벌어지는 장원 내 정원을 빠져나갔다.

'무공이 진일보한 사마영천보다도 저자가 더 신경 쓰인다.'

기존의 중원의 것과는 사뭇 다른 보검을 휘두르는 성진경이 눈에 밟혔다.

성진경은 특별한 초식을 쓰지 않고 가볍게 검을 휘두르는 것만으로 그를 향해 달려드는 무사들을 베어나갔다.

"크헉!"

첨벙!

장원 내 정원 바닥에 고인 빗물이 점차 붉게 물들어가고 있었다.

벌써 스무 명이 넘는 무사가 차가운 주검이 되었다.

'안 되겠다!'

실력을 숨길 상황이 아니었다.

문율이 장원의 본당을 향해 양손을 뻗자 안에서 두 자루의 도집이 빨려들어 왔다.

도집에서 두 자루의 도를 뽑은 순간 문율은 높이 뛰어올라 새하얀 빛의 도강을 형성해 성진경을 향해 내려쳤다.

빗방울을 가르며 쇄도해 오는 도강에 죽립 밑으로 보이는 입꼬리가 올라갔다.

'이제야 좀 제대로 된 녀석이 나오는군.'

적을 베는 것에 추호의 망설임도 없는 성진경이었지만 상대적으로 무위가 너무 낮은 자들을 죽이는 것이 여간 탐탁지 않았다.

챙!

"아닛?"

성진경이 자신을 향해 내려쳐 오는 도강을 검을 들어 올려 막아냈다.

도강으로 펼친 기습적인 일격을 너무도 쉽게 막아내자 문율의 동공이 흔들렸다.

'그 짧은 순간에 검강을 형성해서 막아내다니? 운기가 너무 빠르다.'

도강을 펼치기 위해 최상의 공력으로 운기를 마친 자신과 다르게 갑작스럽게 방어하면서도 빠르게 검강을 펼친 성진경의 무위는 전율스럽기 그지없었다.

'적어도 화경의 극에 이른 자다. 마교에 이런 고수가 있었단 말인가?'

무림맹과의 전쟁, 그리고 남마검 마중달과의 내전으로 인해 대다수의 고수를 잃었다고 알고 있었다.

그렇다고 마교의 식객으로 머물고 있는 동검귀 성진경이 해남도까지 왔을 리는 없다고 생각하는 문율이다.

"이것도 받아봐랏!"

문율이 허공에서 몸을 회전하며 두 자루의 도로 살초를 펼쳤다.

그 기세가 매우 흉악하고 패도적이었다.

'흉악하다.'

성진경의 눈에 이채가 띠었다.

검하칠위의 문율이라고 한다면 정도 무림에서도 명망 높은 고수인데, 지금 펼치는 양손 도법은 사파의 고수들이 펼치는 살초보다도 더욱 흉악했다.

채채채챙!

그렇다고 해서 막지 못할 것은 없었다.

성진경이 한 손으로 곡산검공의 절초를 펼치며 빠르게 회전하는 도초를 막아냈다.

먼저 초식을 펼친 것은 문율이었지만 그것을 파훼하고 압도한 자는 성진경이었다.

촤촥!

문율의 목 우측이 베이며 피가 흘러내렸다.

몸을 빠르게 회전하는 것이 아니었다면 성진경의 검에 목에 베였을 것이다.

'이럴 수가! 고작 한 손으로 내 흉살양도(凶殺兩刀)를 막아내다니.'

그의 눈빛이 극도의 긴장감으로 물들었다.

과거 검황과의 약조를 어기고 두 번 정도 맨손으로 흉살양도를 펼친 적이 있다.

화경의 극에 이른 퇴왕 염사곤조차도 그가 이 도법을 펼쳤을 때 제대로 막지 못하고 부상을 입었다.

적어도 오황급의 고수가 아니고는 자신의 도를 막을 자는 없다고 자부한 문율이다.

"마교에 그대와 같은 고수가 있을 줄이야. 이름을 밝혀라!"

문율이 그를 향해 도를 겨냥하며 물었다.

서로 죽여야만 하는 생사의 대결을 펼치는 순간에 이름을 묻는 것이 우습기 만한 성진경이다.

"본인을 상대로 시간을 끄는 것이오?"

정답이다.

오지산에서 그가 오기만 한다면 상황이 반전된다.

최대한 시간을 끌어야만 했다.

"…그런 것도 있지만 검황 외에 처음으로 나의 도를 막아낸 자의 이름이 알고 싶을 뿐이다."

거짓말에 능숙하진 않은지 문율이 잠시 머뭇거리다 말하자 성진경이 고개를 절레절레 흔들었다.

성진경 역시도 그를 향해 검 끝을 겨냥하며 말했다.

"본인의 이름은 성진경."

"성진경?"

어디서 많이 들어본 이름이다.

그리고 이어지는 그의 별호에 문율은 경악하고 만다.

"무림의 동도들은 본인을 동검귀라고 부르더이다."

"오, 오황!!"

'빌어먹을!'

설마 하는 마음이 있었는데, 눈앞에 있는 자가 동무림의 패 자라 불리는 동검귀 성진경일 줄은 몰랐다.

생각해 보니 자신이 전력을 다한 살초를 고작 한 손으로 펼 치는 검으로 막아낼 만한 자가 무림에 몇이나 될까 싶었다

"일단 주군의 명이 있으니 그대를 빨리 제압하고 이곳을 정 리해야겠소."

"제압?

성진경의 오만한 말에 문율의 얼굴이 무서울 정도로 구겨졌다.

아무리 오황이라고 하나 문율 자신 역시도 무림에서 열 손가락 안에 드는 고수라고 자부한다.

'천하의 오황이라 이거지? 그렇다면 아껴둘 이유가 없다.'

삐잇!

화가 난 문율이 입술을 손가락으로 오므려 큰 소리로 휘파람을 불자 여러 곳에 기척을 숨긴 채 대기하고 있던 복면인들이 모습을 드러냈다.

열 명 정도 되는 복면인이 풍기는 기세가 심상치가 않았다.

"그대가 정녕 오황이라면 그에 걸맞은 대우를 해야 되지 않겠소. 십 년 동안 공들여서 키운 자들이오."

숨겨둔 전력마저 공개했다.

그들은 문율이 산하에서 오랫동안 키워온 초절정의 고수들이었다.

예전부터 검하칠위 간의 세력 다툼을 대비해서 자신의 독문도법인 흉살양도의 도초를 일부 전수한 자들로 합격에 능수능란했다.

한편 문율의 온 신경이 동검귀 성진경에게로 가 있는 사이 천마의 모습이 보이지 않았다.

천마는 해남도의 남쪽으로 남하하고 있는 표국의 무사들을 추격하고 있었다.

'저들을 따라간다면 배후를 잡을 수 있겠지.'

애초부터 표국은 안중에도 없었다.

동검귀와 칠 장로 모자웅만 있어도 충분했다.

태풍으로 인해 거센 빗줄기 때문에 흔적이 금방 없어지고, 먼 거리로 기를 감지하는 것이 어렵기 때문에 최대한 시야를 확보하는 간격을 유지했다.

해남도 북부는 평야로 이루어지다 보니 표국주 감원찬에게 금세 추격을 들킬 수밖에 없었다.

"너희들은 먼저 가라! 양평과 오춘은 노부와 함께 저자를 막는다!"

"국주!"

"서둘러라!"

표국주 감원찬의 다그침에 두 사람을 제외한 나머지 일급 표사들이 입술을 질끈 깨물며 경공에 박차를 가했다.

경공을 펼치던 세 명이 뒤를 돌아서 임전 태세에 취하자 천마의 눈이 이채를 띠었다.

'막으려고 하는 건가?'

그의 예상대로였다.

감원찬이 선두에서 검을 뽑아 천마를 향해 달리자, 그 뒤를 따라서 일급 표사 두 명이 검과 도를 뽑아서 달려들었다.

'아무리 강하다고 한들 노부 역시도 초절정의 무인이다!'

표국에서 천마가 펼친 일수를 보았기 때문에 상대가 되지 않는다는 것은 알고 있지만 적어도 시간을 벌 자신은 있었다.

절정의 경지에 오른 두 일급 표사가 합공으로 보조한다면 적어도 반 시진 이상은 시간을 끌 수 있을 것이다.

그러나.

"헛수고를 하는군."

촤악!

천마가 허공을 향해 검지를 긋는 순간, 그를 향해 달려오던 감원찬과 일급 표사 두 명의 목에 선이 생겨나며 그대로 목이 잘려 나가 바닥으로 떨어졌다.

목에서 피 분수를 뿜고 있는 시신들을 천마는 단숨에 지나쳤다.

그런 천마의 뒷모습을 바닥에 떨어진 감원찬의 머리가 어이없다는 듯이 바라보았다.

82장

북호투황

폭우가 쏟아지는 해남도의 전역.

해남도의 중부 지역 쪽에 자리하고 있는 오지산은 아열대 우림으로 원시 산림이 잘 보존되어 있었다.

서너 명의 성인이 손을 잡고 둘러싸도 잡히지 않는 거대한 열대 고목들이 산 입구에서부터 시작되어 수없이 이어지고, 각양각색의 열대식물들이 무성하여 중원에 있는 여느 산들과 달리 밀림의 느낌이 짙었다.

오지산의 다섯 개의 봉우리가 마치 다섯 손가락과 같이 우뚝 솟아 있어 오지산이라고 하는데, 중원인들이 흔히 알고 있는 이야기 중의 하나인 서유기(西遊記)에서 말하는 부처님의 손바닥이 바로 이 오지산을 말한다.

"빌어먹을 괴물 놈."

열 명의 일급 표사들이 그를 따돌리기 위해 두 명씩 막아 보려 했지만 소용이 없었다.

천마는 그를 막아서는 일급 표사들을 일 합에 베고는 계속 해서 추격해 갔다.

오지산의 제일 봉을 오르기 전, 비룡주벽에 자리한 해남과 의 객당까지 그렇게 그들은 안내를 하고 만 셈이다.

석금명에게는 남들과는 다른 한 가지 특별한 능력이 있었 다.

그것은 상대와 직접 맞부딪치지 않아도 그 능력을 가늠할 수 있는 안목을 지녔다는 것이다.

콰르르르릉!

천둥 번개로 인해 번쩍이는 하늘을 등지고 있는 천마의 모 습은 흡사 마신의 등장과도 같았다.

어둠 그 자체로 보이는 눈앞 남자의 저력을 가늠하기 힘들 었다.

"사마 공자!"

설유라의 반가운 외침이 그의 귓가를 울렸다.

"사마 공자? 천마?"

정보가 취약한 문율과 달리 석금명은 무림맹에서 군사로 있었기에 지금도 중원무림의 중요한 대소사는 계속해서 취하고 있었다.

그는 무림맹에서 벌어진 혈교 대전 때 천마가 공식 석상에 그 모습을 드러냈고, 무림맹이 마교와의 동맹을 파했다는 사실까지 파악하고 있었다.

'이자가 그분과 동시대를 살았다는 천마?'

무림인으로 살아가는 자들 중에서 천마의 위명을 모르는 자가 몇이나 될까?

머리가 좋은 석금명조차도 이 상황을 어찌해야 할지 난감했다.

그가 파악하고 있는 천마는 적어도 오황급에 달하는 무인이 아니면 상대할 수 없었다.

"흠?"

천마의 눈으로 석금명과 그 뒤에 앉아 있는 설유라의 모습이 들어왔다.

처음에는 무림맹에 있어야 할 그녀가 왜 이곳에 있는지 의아해하던 천마는 발목에 달려 있는 철구에 현 상황이 파악되었다.

"계집, 뭘 하고 돌아다녔기에 이번엔 여기서 잡힌 거냐?"

"…그렇게 되었네요."

신기할 정도로 위기 상황에만 맞닥뜨리게 된다.

여태껏 석금명의 과거 비화를 듣느라 무거운 분위기에 어둡던 설유라의 표정이 한결 밝아졌다.

그것이 석금명의 심기를 자극했다.

"언제 해남도로 숨어든 것이지?"

"숨어들어? 이곳에 온 지 한 시진 정도밖에 안 된 것 같은데?"

능청스러운 천마의 대답에 석금명의 눈썹이 치켜 올라갔다.

그 역시도 해남도를 자주 왕래해 왔기 때문에 충주해협이 폭풍우가 일어날 때는 배를 띄울 수가 없다는 것을 잘 알고 있었다.

'무슨 수로 배를 띄었다는 말이지? 지금 이자가 나를 기만하는 것인가?'

"네놈은 나를 아는 듯한데 나는 네놈을 모른단 말씀이야."

석금명과 안면이 한 번도 없는 천마가 그의 정체를 알 리가 없었다.

그런 천마의 반응에 대답한 것은 석금명이 아니라 설유라였다.

"그는 제 둘째 사형인 석금명이에요."

"검황의 제자? 아, 그 스승을 배반했다는?"

석금명이 배반한 사실은 이미 중원무림에 알려질 대로 알려진 정보였다.

하지만 석금명에게 있어서 검문은 철천지원수였다.

"나는 배반한 게 아니오."

"그렇겠지. 네놈이 여기로 저 계집을 납치했다면 검문에 첩자로 들어간 배후 세력일 테니 말이야."

"뭣?"

천마의 의미심장한 말에 석금명이 당혹감을 감추지 못했다.

이자에게 자신의 비화를 말한 것도 아닌데 설유라를 이곳에 데려왔다는 사실만으로 정황을 유추해 냈다.

'이래서 무명이 이자를 그렇게 극도로 경계한 것인가?'

두 눈이 없는 과거의 만박자 무명이 혈교 이상으로 경계하던 자가 바로 천마였다.

만사에 있어서 모르는 것이 없고, 모든 면에서 뛰어난 무명조차 천마와 혈뇌를 계략과 병법으로는 이겨본 적이 없다고 고백했다.

'이자와 더 말을 섞는 것은 위험하다.'

쓸데없이 정보만을 넘겨줄 뿐이다.

석금명은 긴장한 눈빛으로 눈을 이리저리 돌리며 도망갈 퇴로를 살폈다.

"웃기는 놈이로군. 눈알을 굴린다고 도망칠 수 있을 것 같으냐?"

그 말이 끝남과 동시에 천마의 신형이 번개처럼 그에게로 쇄도해 왔다.

석금명이 검집에서 미처 검을 뽑기도 전에 천마의 일장이 그의 머리 위를 내려치고 있었다.

당황한 석금명이 검집에 가져가던 양손을 위로 교차해서 그의 일장을 막았다.

쾅!

"크헉!"

큰 충격과 함께 석금명의 발목이 목판으로 만들어진 바닥을 뚫고 파고들었다.

두 손을 교차해서 호신강기로 막은 것이었는데 공력이 상상 이상이었다.

'전율적인 공력이다.'

전성기 때의 힘을 모두 회복한 천마의 일장에 실린 무게는 천근과도 같았다.

화경의 경지에 오른 석금명이었지만 무위의 차가 극명했다.

단 한 수만으로 절대로 이길 수 없다는 사실을 더욱 인지하게 만들었다.

"빌어먹을!"

속에서부터 쓴 핏물이 올라왔지만 억지로 집어삼키고 전 공력을 두 발에 집중했다.

쾅!

"응?"

발목까지만 바닥을 파고든 석금명의 신형이 바닥을 뚫고 밑으로 꺼져 버렸다.

객당 건물은 절벽에 반쯤 걸쳐서 지어졌는데, 설유라가 구금되어 있던 방은 건물 전체로 보면 이층이었다.

비룡주벽을 따라 해남파로 들어왔다면 이곳을 일층으로 착각할 수밖에 없었다.

'아래층도 있었나? 영악한 놈이로군.'

바닥을 뚫고 밑으로 내려간 석금명은 호흡을 가다듬고 그대로 창문을 뚫고 빠져나와 도주를 감행했다.

"잡아야겠군."

다른 누구보다 석금명이야말로 배후를 알아내기 적합한 자였다.

그를 붙잡아야겠다고 판단한 천마가 바닥으로 내려가려고 할 때 설유라가 말했다.

"제가 여기에 있는 건 어떻게 아신 거죠?"

오해 아닌 오해를 하고 말았다.

우연에 불과했지만 그것이 계속되면 연모하는 여인으로서는 오해할 수밖에 없었다.

천마가 고개를 절레절레 흔들며 혀를 차고 검지를 휘둘렀다.

쟁!

그녀의 발목을 구속하고 있던 쇠고랑이 갈라졌다.

자유의 몸이 된 설유라가 천마에게 뭔가를 말하려고 했지만 이미 그의 신형은 바닥을 뚫고 석금명을 따라가고 있었다.

'어째서 사마 공자가 사형을 쫓고 있는 걸까?'

아무리 생각해도 연관점이 전혀 없는 두 사람이다.

그보다도 정말로 궁금한 것이 하나 있었다.

무림맹의 구금실에 갇혀 있을 무렵에 듣게 된 사마 공자의 정체가 천마라는 것이다.

아무리 생각해도 이해할 수 없는 말이기에 그 당시에는 말도 안 된다고 일축했으나 당사자를 보고 나니 궁금해질 수밖에 없었다.

'사마 공자, 당신은 정말 천마인가요?'

그녀가 있는 방의 창문 밖으로 비바람이 몰아치는 높은 절벽을 타고 올라가는 두 사람이 보였다.

앞서서 올라가는 석금명은 죽을힘을 다해 전력으로 경공을 펼치고 있었다.

무공에 있어서 극명하게 차이가 났기 때문에 조금이라도 느슨해진다면 곧바로 따라잡힐 것이다.

쉽게 오를 수 있는 등산로를 버리고 절벽을 타고 올라가는 것은 어떻게든 오지산의 제이 봉으로 도망가기 위해서였다.

탁탁!

거센 비바람에 발을 디디는 곳마다 미끄러웠다.

다행인 것은 석금명은 이곳을 자주 왕래했기에 절벽 길이라도 익숙하다는 점이다.

반면 천마는 그의 뒷모습만을 보며 경공을 펼치는 것이었기에 절벽에 발을 디딜 때마다 발끝에 힘이 들어갈 수밖에 없었다.

'잔머리는 타고난 놈이로군.'

아무리 천마의 무공이 높다고 해도 가파른 절벽을 날아오를 순 없었다.

하지만 그 경공 실력 또한 탁월했기에 석금명과의 간격을 조금씩 줄여 나가고 있었다.

어느새 제일 봉을 주파한 석금명은 제이 봉의 절벽을 탔다.

지금까지는 전력을 다해서 경공을 펼친 결과였지만, 문제는 뒤에서 발을 딛는 소리가 들릴 만큼 따라잡혔다.

다급해진 석금명이 산꼭대기가 보이는 전방을 쳐다보며 외쳤다.

"맹 단주! 맹 단주! 적이오!!"

거센 비가 쏟아져 내렸지만 높은 산꼭대기여서 그런지 내공이 실린 석금명의 함성이 사방으로 메아리가 되어 울려 퍼졌다.

앞에서 계속 맹 단주라는 사람을 찾는 석금명의 외침에 천마의 입꼬리가 올라갔다.

'역시 배후가 있었군.'

천마는 맹 단주라는 자가 숨어 있던 그들의 배후라고 생각했다.

이제 석금명과의 거리 차이가 거의 좁혀져서 조금만 더 경공에 박차를 가하면 그를 잡을 수 있었다.

'배후가 나타나도록 조금만 참자.'

공력으로 그를 끌어당겨 잡을 수도 있었지만 숨겨진 배후자에게로 도망가는 것이었기에 천마는 일부러 거리를 유지했다.

이윽고 오지산의 제이 봉의 정상에 도착하는 순간.

오지산의 산꼭대기는 아수라장을 방불케 할 만큼 수많은 구덩이와 부러진 거대한 고목나무가 사방에 널려 있었다.

누군가가 무공을 수련한 흔적으로 보였다.

'익숙하다.'

마치 이 흔적들은 천마가 모용세가로 가기 전에 북호투황의 오른팔에 남아 있던 운기법에 따라 투호권강을 익힐 때와 흡사했다.

석금명이 주위를 둘러보며 누군가를 찾아 헤맸다.

그런 그를 바라보며 천마가 이죽거리며 말했다.

"네 녀석이 그렇게 오매불망 찾던 맹 단주라는 녀석이 이곳에 없나……."

천마의 말이 끝나기도 전이다.

거센 빗줄기를 뚫고 들어오는 거대한 풍압이 천마에게로 쇄도해 왔다.

날카롭기까지 한 풍압에 천마가 손을 수직으로 내리자 선이 생겨나 풍압이 갈라지며 그의 양옆으로 빗겨 나갔다.

'일권에 대기의 기를 실은 건가? 제법이군.'

"크하하하하하핫!"

그런 천마의 귀에 호탕하다 못해 사방을 쩌렁쩌렁하게 울리는 웃음소리가 들렸다.

산 정상 한복판의 바윗덩이 위에 거구에 거대한 근육을 자랑하는 백발의 노인이 앉아 있었다.

'외팔?'

한 가지 독특한 점이 있다면 오른팔이 없다는 것이다.

어느새 석금명은 그의 곁으로 다가가 있었다.

"석 단주가 노부를 위해서 이자를 데리고 올 줄은 몰랐네그려."

"맹 단주, 방심하면 안 됩니다. 저자는 무림사를 통틀어 최강이라 불리는 자입니다."

"크하하하하핫! 최강이라면 더없이 좋은 상대로군."

그 말이 끝남과 동시에 그가 거구와는 어울리지 않는 빠른 몸놀림으로 천마의 앞으로 다가왔다.

워낙 거구인지라 천마를 한참 밑으로 내려다보고 있었다.

두근두근.

오지산의 절벽을 오르던 조금 전부터 조금씩 느껴지던 오른팔의 고동이 노인을 바로 앞에 두자 더욱 강렬해졌다.

그의 오른팔이 눈앞에 있는 노인과 공명하고 있었다.

이에 천마는 본능적으로 이자가 누구인지 직감할 수 있었다.

"죽었다고 들었는데?"

"노부를 알고 있나, 전설의 무인이여?"

"북호투황!"

오른팔이 없는 거구에 근육질의 노인은 전 북무림의 패자이자 오황인 북호투황 맹파섭이었다.

북호투황 맹파섭.

그는 호성 맹가(猛家)라 불리는 명문 무가 출신이다.

호성 맹가는 외공을 극한까지 연마하는 독특한 무공을 가진 무가였는데, 당대의 가주인 그는 가문의 조사인 권황 맹위강 이후 최초로 투호신공을 완성한 인물이다.

전 오황이 되었지만 다섯 절대자 중에서 유일하게 적수공권만으로 최고가 되었기 때문에 사파임에도 불구하고 사람들에게 많은 존경을 받았다.

뛰어난 오성을 자랑하고 외공으로 현경의 경지에 오를 만큼 철인과도 같은 육신을 지녔다.

한쪽 팔이 없는데도 북호투황이 풍기는 기세는 가히 패왕과도 같았다.

자신의 눈앞에 있는 사내가 천마라는 것을 알면서도 전혀 기가 죽지 않을 만큼 그의 전의와 패기는 최상이었다.

'이상하군. 잘린 오른팔이 짜릿한데?'

천마가 원래의 오른팔 주인을 만나서 공명하는 것처럼 북호투황 역시도 잘린 부위에서 짜릿한 느낌을 받고 있었다.

다만 그가 자신의 팔을 알아보지 못한 것은 그 색을 잃고 크기가 줄어들었기 때문이다.

'검은 팔이라……'

팔소매가 없는 근육이 잘 발달한 북호투황의 왼팔의 피부는 검은 빛을 띠고 있었다.

그것은 정상적인 투호신공의 운기법과 외공을 연마하는 과정에서 변색된 것이다.

"올해 들어서 최고로 운이 좋은 날일세. 크하하하하하핫!"

무림의 전설인 천마와 겨룰 수 있다는 생각에 기분이 좋아진 맹파섭이 호탕하게 웃었다.

천마 역시도 그의 명성을 들어왔고, 북호투황의 팔을 이식

받아 투호신공의 운기법을 보면서 극한의 외공에 감탄을 금치 못했다.

"한데 시야가 높군."

"음?"

천마의 머리가 타고난 거구인 맹파섭의 가슴께에 닿으니 얼마나 큰 신장인지 알 수 있었다.

계속해서 자신을 내려다보는 시선이 거슬린 천마였다.

천마가 손바닥을 위로 올렸다가 아래로 내리는 시늉을 하자, 북호투황의 머리 위로 강한 장력이 일어나며 그를 짓눌렀다.

"헛?"

전조도 없이 시작된 갑작스러운 압력에 북호투황의 웃음이 사라졌다.

장력에 실린 공력이 심후해서 머리 위를 적시고 있던 빗물마저도 무겁게 느껴질 정도였다.

쿠직!

북호투황의 발이 산봉우리의 바닥을 파고들기 시작했다.

하지만 그게 다였다.

'내 장력을 내공이 아닌 신력으로 버틴 건가?'

북호투황은 표정 하나 변하지 않고 여유로운 표정으로 일관하고 있었다.

상당한 공력으로 장력을 일으켰는데 예상과는 달리 북호투황이 무릎을 꿇지 않고 잘 버티자 천마의 눈에 이채가 띠었다.

"제법이군."

"노부를 시험한 것인가?"

"외공의 극한에 올랐다고 했는데, 천 년 전에도 네 녀석 정도로 단련한 자는 본 적이 없다."

무공에 있어서 외, 내공은 균형이 중요하긴 하지만 높은 경지로 오를수록 내공과 전의를 더욱 상승시키는 데 치중하게 마련이다.

그런데 역발상으로 외공을 극한으로 단련한 자는 북호투황이 처음이었다.

"크하하하하핫! 전설의 무인에게 칭찬을 듣다니 나쁘지 않네. 하나 노부는 칭찬을 듣고 싶은 게 아니라 자네를 꺾고 싶네만."

"헛된 망상은 버리라고 해두지."

"헛될지 아닐지는 겨뤄보면 될 일이지."

그 말이 끝남과 동시에 북호투황의 발차기가 속사포처럼 튀어나와 천마의 머리 우측을 때렸다.

퍽! 콰아아아아아앙!

굉음과 함께 그들이 서 있는 왼쪽 편이 충격파로 나팔 모양의 큰 구덩이가 생겨났다.

이번에는 북호투황의 놀랐는지 눈매가 가늘어졌다.

발차기에 담긴 신력은 팔 할 이상의 힘을 담고 있었는데, 천마의 오른손에 잡혔다.

'내 발차기를 맨손으로 막아?'

더군다나 발차기에 담겨 있던 힘을 반대쪽으로 흘려보냈다.

"노부의 발차기를 맨손으로 잡은 자는 그대가 처음일세."

무림의 어떠한 고수도 극한의 외공을 단련한 북호투황과 직접적으로 부딪치지 않았는데, 천마가 맨손으로 발차기를 잡으니 상당히 놀란 듯했다.

실상 그것이 자신의 팔이라고는 전혀 짐작하지 못했다.

"발차기도 쓸 줄 알았군. 주먹뿐인 줄 알았는데."

"노부를 모르는 자들은 권만 생각하더군."

"그래서 투황(鬪皇)이었나?"

만약 북호투황이 권만을 사용하는 자였다면 북호권황이라는 별호를 가졌을 것이다.

하지만 그의 투호신공은 극한으로 단련된 신체의 전 부위를 무구처럼 발휘하는 무공이었다.

짧은 찰나에 천마는 작은 고민에 빠졌다.

눈앞의 거구노인은 상대의 호승심을 자극하고 전의를 끌어올리는 데 타고난 자였다.

검법이 아니라 장법으로 대결해 보고 싶다는 생각이 들었다.

"좋아!"

결정을 내린 천마의 손에서 그의 이절(二絶)이라 할 수 있는 현천유장이 발해졌다.

부드러운 장력이 가미된 현천유장의 일 초식 현월유운(玄月柳雲)의 초식이 북호투황의 가슴을 노렸다.

"하압!"

유(柔)의 무공에 대항하는 북호투황의 방식은 오직 강(强)이었다.

가슴에 일장이 부딪치는 순간 강한 잠력이 일어나며 오히려 천마의 신형이 뒤로 밀려났다.

'내 장법을 잠력만으로 튕겨내?'

원래의 경지를 회복하면서 그의 공력 또한 훨씬 상승했는데 그것을 순수한 체내의 잠력만으로 튕겨낸 것이다.

북호투황은 이를 놓치지 않고 곧장 일권을 내질렀다.

대기가 마치 휘어질 것 같이 공간이 일그러지고 그 기운이 북호투황의 주먹으로 모이며 폭발적인 일권을 발했다.

쾅!

주먹을 뻗는 순간 포탄이 터지는 소리와 함께 사방으로 풍압이 일어났다.

천마의 두 눈이 커졌다.

'투호권강?'

원래 그가 알고 있던 투호권강은 외공으로 인한 잠력과 내재된 공력이 합일되어 거대한 강기를 다루는 것이었는데, 이보다도 오히려 대기에 일격을 실었다.

손바닥을 펴고 있던 천마의 오른손이 어느새 검지로 바뀌어 허공을 수직으로 내리그었다.

촤악!

콰콰콰콰쾅!

천마의 양쪽 옆이 보이지 않는 거대한 충격파와 함께 순식간에 초토화가 되었다.

"막을 수 없을 거라 여겼는데, 역시 천마라는 위명은 거짓이 아닌가 보오."

회심의 일격이라고 여겼는데 천마가 그것을 베어내자 아쉽다는 표정을 짓는 북호투황이다.

그런 그를 보며 천마의 얼굴에 흥미가 감돌았다.

'서독황이나 동검귀 녀석이 언젠가는 대연경의 경지에 이를 수도 있다고 생각했는데 이 녀석은 이미 그 맛을 보고 있었군.'

대자연의 기운에 자신의 권을 싣는다는 것은 대연경의 경지에서나 가능한 일이다.

순수한 외공만으로 이룩한 것이기에 깨달음이 부족해서 완전하게 대연경을 이룩하지는 못했지만 반쯤 발을 담근 셈이다.

"제법이군. 나에게 검을 쓰게 만들다니."

"아직 검을 잡지 않은 것 같네만."

천마가 피식 웃었다.

아무래도 나이에 걸맞지 않게 순수한 무에 대한 열정과 직관적인 사고관이 그를 더욱 높은 경지로 이끈 것이 틀림없었다.

"탐색전은 적당히 한 것 같으니 제대로 해보세."

천마가 웃는 모습에 비웃음이 담겼다고 생각한 북호투황이 인상을 굳히고는 거구와는 어울리지 않는 빠른 속도로 쇄도해 왔다.

파파팍!

그의 발차기와 주먹이 교차하며 천마의 전신 요혈을 노렸다.

단순한 한 방 한 방이 평범한 초식을 상회하여 패도적인 절초에 가까워 한 번만 허용했다가는 뼈와 근육이 부서지고 말 것이다.

채채채쟁!

천마가 검지를 움직이자 날카로운 예기가 일어나며 북호투황의 전신을 휘감았다.

검기가 일어나며 그의 몸을 베어내려 했지만 북호투황의 근육이 꿈틀거리더니 전신이 검게 변색되며 날카로운 예기를 팅

겨냈다.

천마가 신형을 벌리며 검지를 위에서 아래로 내리자 세차게 내려치는 빗방울이 날카로운 예기를 머금고 북호투황에게로 떨어졌다.

"흐아아아압!"

북호투황이 허공을 향해 발차기를 날리자 대기가 휘어지며 풍압이 일어나 날카롭게 변했던 빗방울들을 튕겨냈다.

"이번엔 노부의 차례일세!"

북호투황이 몸을 회전하며 연달아 발차기를 내지르자 대기가 찢기는 소리와 함께 풍압이 회오리를 치면서 천마에게로 쇄도해 왔다.

천마가 검지를 움직이자 검은 선이 빠르게 생겨나 그물을 형성했다.

촤촤촤촤촤악!

회오리를 치던 풍압이 검은 선으로 만들어진 망과 닿자 귀가 찢어질 듯한 파공음이 사방으로 울려 퍼졌다. 그러자 두 기운이 부딪친 자리의 봉우리 바닥에 수많은 권흔과 검흔이 생겨나며 균열이 일어났다.

'말도 안 되는 괴물들이다.'

이 대결을 지켜보고 있는 석금명이 경악을 금치 못하고 있었다.

과연 검황이 온다고 해도 이 정도로 고절하면서 상상하기 힘든 대결을 펼칠 수 있을까 의문이 들 정도였다.

두 괴물들은 이미 인간의 한계를 넘어섰다.

빗방울에 검기를 싣고, 발차기와 주먹이 대기를 찢어서 풍압을 일으키는 경지는 대체 어떤 경지란 말인가.

화경의 경지인 그로서도 도저히 범접하기조차 힘든 대결이었다.

그분조차 북호투황을 꺾으면서 꽤 애를 먹었다는 말이 실감이 날 정도였다.

'맹 단주가 저자를 꺾을 수 있을까?'

북호투황이 이겨야만 하는 상황이었지만 머릿속에 쉽게 승리가 그려지지 않았다.

그것은 천마와 직접 부딪치고 있는 북호투황 역시도 마찬가지였다.

'이상하다. 어째서 전력을 다한다는 느낌이 들지 않지.'

분명 그들의 대결은 인간의 한계를 넘어섰다.

주변의 산봉우리가 초토화되고 있는 것만 보더라도 알 수 있었다.

천마의 강함을 확인하는 순간부터 죽을 각오로 전력을 다하고 있었는데, 상대는 여전히 여유로워 보였다.

'한 팔이 없다는 것이 후회스럽구나.'

만박자 무명이 그에게 팔을 이식해 주겠다고 했을 때 거절한 북호투황이다.

평생을 단련해야만 이룩할 수 있는 투호신공을 한쪽 팔만 다시 연마한다는 것 자체가 어불성설이었다.

'길어지면 길어질수록 내가 불리하다.'

천마가 갈수록 자신의 투호신공에 익숙해져 간다는 생각이 들자 북호투황은 승부를 서둘러야겠다고 판단했다.

북호투황이 그동안 상상만 해오고 완성하지 못한 절기를 감행했다.

그가 주먹을 안쪽으로 끌어당기자 대기의 공간이 일그러졌다.

'사방에 대자연의 기운이 요동을 친다.'

대자연의 기운 이외에도 그들이 대결을 펼치는 공간이 진기로 가득해지자 심상치 않음을 느낀 천마가 보법을 펼쳐서 거리를 벌렸다.

대기의 기운을 응축하는 순간에 북호투황의 전신이 검게 변색되었다.

그 순간.

푸슉!

"크헉!"

북호투황의 왼쪽 팔의 핏줄이 꿈틀거리더니 피가 터져 나오며 주변에서 요동치던 기운이 수그러들었다.

그것은 북호투황이 펼치려던 절기가 불발되었기 때문이다.

북호투황이 내상을 입었는지 그의 입가로 선혈이 흘러내리고 있었다.

"…실패로군. 왠지 오늘은 성공할 것 같았는데."

절초를 펼치는 데 실패한 북호투황이 어이가 없는지 허탈한 한숨을 내쉬었다.

심상으로는 계속 그려왔는데 왜 그것이 실현으로 불가능한지 이해할 수가 없었다.

그때였다.

고오오오오!

"응?"

북호투황이 자신의 앞에서 벌어지는 일에 두 눈이 휘둥그레졌다.

그와 겨루고 있던 천마가 갑자기 옆쪽을 바라보더니 방금 전 자신이 한 것처럼 자세를 취하자 대기가 일그러지는 것이 아닌가.

"서, 설마……."

대기가 일그러진 상태에서 천마의 오른손 주먹이 검은 마기로 물들었다.

그 순간 천마가 앞을 향해 정권을 내질렀다.

검은 마기가 실린 거대한 풍압이 일어나며 거세게 몰아치는 빗줄기를 꿰뚫고 오지산 일 봉으로 날아갔다.

콰아아아앙!

지금까지의 대결에서 나지 않던 거대한 굉음이 오지산 전체로 퍼져 나갔다.

"마, 말도 안 돼! 어떻게?"

석금명은 자신도 모르게 빗물로 축축한 바닥에 털썩 주저앉고 말았다.

오지산 일 봉의 산봉우리 위쪽이 마기가 실린 풍압으로 인해 통째로 날려가 버린 것이다.

원래는 일 봉이 이 봉보다도 훨씬 고지였는데, 그 위쪽이 통째로 날려가면서 낮아져 버렸다.

"내가… 내가 꿈에나 그리던 그 권을?"

북호투황은 눈앞에 벌어진 광경에 할 말을 잃고 말았다.

그것은 그가 이상적으로 생각하던, 대기를 일그러뜨리는 풍압에 투호권강을 싣는 최강의 절초였다.

정작 자신은 실패했는데 천마는 보기 좋게 성공한 것이다.

'호오, 이 정도의 위력이었나?'

천마는 산봉우리 위쪽이 통째로 날아간 오지산의 일 봉을 바라보며 내심 감탄을 금치 못했다.

북호투황이 최종적으로 목표로 한 극한의 외공과 대자연의 묘리의 합일은 그 파괴력이 현존하는 외공 중에 정점이라고 해도 과언이 아니었다.

하지만 정작 이 무공을 창안한 자는 초식에 실패하고 그것도 모자라 싸우던 상대가 자신의 이상적인 권을 완성하자 정신이 혼미해져 있었다.

"내 권을… 나의 이상적인 권을……."

무인으로서 그 충격은 이루 말할 수 없었다.

그런 북호투황을 향해 천마가 천천히 걸어오며 말했다.

"네 녀석이 하려 하던 일권은 완전히 대연경의 경지에 오르지 못한다면 절대로 합일할 수 없다."

"대연경?"

"깨달음도 없이 그저 몸으로 모든 것을 때우려고 하니 실패한 것이다. 뭐 그 정도로도 감탄스럽기는 하다만."

대연경이라는 말에 북호투황의 눈빛이 흔들렸다.

이 같은 말을 들은 적이 있기 때문이다.

"어떻게 그대가 그분께서 한 말을……."

"그분?"

"…노부가 사파 무림맹의 맹주로 검황이 이끄는 무림맹과 전쟁을 치를 당시였네."

모든 것이 허탈해진 북호투황이 과거를 떠올리는지 예전의 기억을 넋두리하듯 이야기하기 시작했다.

북호투황은 과거 무림맹과의 전쟁 당시 패배로 인해 산서성 오태산까지 몰린 적이 있었다.

추운 겨울, 한파와 폭설로 인해 새하얗게 물든 오태산의 깊은 숲 속까지 퇴각한 사파 무림맹(당시의 사파 연맹)은 무림맹 추격대와의 거리가 멀어졌다는 판단 하에 추운 산속이었지만 잠시 휴식을 취하기로 했다.

이만 명에 가깝던 사파 무림맹에서 살아남은 자들은 고작 팔백여 명 정도에 불과했다.

사파 무림맹의 맹주로서 전쟁의 패배는 그를 우두머리로서 자괴감이 들게 만들었다.

그런 와중에 사파 무림맹의 잔존 세력이 휴식을 취하고 있던 오태산에 그분과 그자가 나타났다.

머리카락을 헤치고 나타난 붉은 안광을 내뿜는 괴인.

그리고 그와 함께 나타난 동행인은 두 눈이 없고 얼굴을 붕대로 감고 있는 무명이라는 자였다.

'붉은 눈?'

이야기를 듣는 천마의 눈에 이채가 띠었다.

무림맹조차도 아직 추격하는 도중이었는데 갑자기 나타난 정체 모를 두 남자를 경계하지 않을 수가 없었다.

사파 무림맹의 잔존 무사들이 그들을 제압하려 했지만 그것은 괴멸의 시초였다.

순식간에 두 사람은 학살하듯이 무사들을 죽여 나갔고, 결국 북호투황이 나서서 산발한 괴인과 겨뤄야 했다.

"그자는 정말 괴물이었소."

당시에도 외공만으로 현경을 이룩한 북호투황이었다.

그런데 한 번도 들어보지 못한 갑자기 나타난 정체불명의 괴인의 무위는 그가 범접하기 힘들 만큼 강했다.

자신이 지게 된다면 모든 것을 잃게 된다는 두려움으로 인해 죽을힘을 다해 그와 싸웠다. 하지만 결과는 처참한 패배였다.

양쪽 팔이 잘리고 패배로 인한 충격에 말도 할 수 없을 때 괴인이 처음으로 입을 열었다.

─꽤 애먹게 만들었어. 투신이라고도 불린다더니 그 칭호가 가볍지 않군.

뭐라고 표현하기 어려운 스산한 목소리였다.

듣는 순간 등골이 오싹해질 만큼 괴이한 목소리였지만 패배의 충격으로 아무 말도 할 수 없던 북호투황이다.

"정말 처음에는 적응하기 힘든 목소리였지."

백발이 성성한 북호투황은 양팔이 잘려서 완전한 전투 불능 상태가 되어 있었다.

무릎을 꿇고 자괴감에 빠진 북호투황은 상대를 노려보며 말했다.

―…네놈 같은 괴물이 숨어 있었다니…….

―투신이라 불리는 자가 그리 말해주니 영광이로군.

―네놈, 대체 정체가 뭐지? 어째서 이 전쟁에 끼어든 것이더냐?

―글쎄, 불청객 정도로 해두지. 크큭.

정사 전쟁의 한복판에 끼어든 그의 참전으로 사파 무림맹은 완전한 괴멸을 맞이했다.

팔백 명에 가깝던 잔존 사파의 무사들은 눈발이 차가운 오태산에 시신이 되어 하얗던 산을 붉게 물들였다.

"그분은 이 노부를 제압하고도 거의 상처조차 없었소."

투신이라 불리는 북호투황이었다.

그런 그를 제압하고도 작은 상처 외에는 멀쩡했으니 과연 괴물이라고 부를 만했다.

수하를 전부 잃고 무자로서 패배한 인생은 더 이상의 가치가 없었다.

―잔말은 필요 없겠군. 내 목을 베어라.

―투신의 피 맛은 어떨까? 크크크크큭.

그 말과 함께 북호투황의 목이 날아갔다.

"라고 생각했었소."

분명 목이 베였다는 감촉과 함께 눈을 감았는데 막상 눈을 떠보니 그는 살아 있었다.

오랜 숙면을 취하다가 깨어난 것처럼 일어났을 때에는 잘린 양팔 중에 왼쪽 팔도 붙어 있었다.

처음에는 꿈을 꾼 것인가 착각이 들었지만, 오른팔이 없는 것을 보면 분명 자신은 괴인과 싸우다가 패배한 것이 틀림없었다.

"깨어난 곳이 바로 이곳 해남도였소."

해남도에서 깨어난 북호투황은 얼마 안 가서 자신이 오지 산에 있는 해남파의 약당에 있다는 사실을 알게 되었다.

검문과의 전쟁으로 멸문했다고 알려진 해남파에는 살아남은 해남표국의 사람들이 드나들며 일을 하고 있었고, 이곳을 지배하는 자는 바로 그 산발의 괴인이었다.

패배하였는데 살아남은 것이 수치스러운 북호투황은 목숨을 끊고 싶었다.

그러나 괴인은 그가 목숨을 끊지 못하게 만들었다.

처음에는 자괴감으로 몇날 며칠을 괴로움으로 폐인처럼 지내던 북호투황은 얼마 있지 않아 몸이 완전히 회복되자 산발의 괴인에게 재도전을 요청했다.

"다른 것을 떠나서 패배에 대한 수치만큼은 갚고 싶었소."

다시 겨뤄줄 것이라 생각한 산발의 괴인은 두말할 것 없이 거절했다.

그 이유는 더 이상 싸울 만큼의 흥미가 느껴지지 않는다는 것이었다.

동등하게 겨룬 것도 아니었기에 북호투황은 자신의 무위가 그 괴인에게 호승심을 가져다주지 못한다는 사실에 서러웠다.

"그것은 마치 연인에게 배척당하는 남자의 심경과도 같았소."

괴로움에 조용히 칩거하는 북호투황에게 어느 날 괴인이 제안했다.

그에게 도전할 수 있는 세 번의 기회를 주겠다는 것이었다.

"괴인은 오만하게 한 번이라도 자신을 꺾는다면 사파 무림맹을 재건할 수 있도록 기반을 마련해 준다고 하더이다."

자신을 믿고 따르던 수하들을 전부 잃고 삼대 세력으로 사파의 힘이 약화되는 것을 원하지 않던 북호투황은 흔쾌히 제의를 받아들였다.

"흠, 그에 상응하는 대가도 걸려 있었을 텐데?"

천마의 짐작은 정확했다.

"맞소. 대신 세 번 모두 실패한다면 노부가 그의 수하가 되어서 일을 돕는다는 조건이 걸려 있었소."

"훗, 결과는 지금 보는 그대로가 아닌가?"

촌철살인과도 같은 천마의 말에 북호투황이 허탈하게 웃으며 고개를 끄덕였다.

북호투황의 첫 번째 도전은 한쪽 팔에 균형 감각이 적응되고 나서였다.

원래는 무명 만박자가 그에게 오른팔을 이식해 준다고 했지만 수십 년 동안 연마한 팔을 대신할 수는 없었다.

"만박자가 오태산 근처에서 오른팔을 찾아 헤맸지만 얼마 있지 않아 나타난 무림맹의 추격대로 인해서 그것을 찾지 못했다고 했소. 노부에게는 정말 아쉬운 일이지."

이 말에 천마는 아무 말도 하지 않았다.

북호투황의 오른팔을 그의 형인 괴의 사타가 챙겨서 자신에게 이식해 주었다는 사실을 굳이 알릴 필요성을 느끼지 못했다.

'이 녀석이 죽었다고 알고 있었으니까.'

만약에 살아 있는 줄 알았다면 사타는 당연히 동생에게 팔을 이식해 주었을 것이다.

북호투황의 첫 번째 대결은 처음 겨룰 때보다 짧아졌다.

수백 초식가량을 겨룬 처음과 달리 두 번째는 백 초식만에 패배했다.

"세상에 그런 괴물이 존재할 줄은 몰랐소."

북호투황 역시도 오태산에서 겨룬 때를 철저히 분석해서 복기했지만 상대는 그때보다도 훨씬 초식이 정묘해지고 강해졌다.

패배한 북호투황은 분했지만 그것을 받아들이고 일 년 동안 절치부심해 지금과 같은 경지로 올라섰다.

복기도 완전히 마치고 새로운 경지에 오른 북호투황은 자신감을 회복하고 다시 괴인에게 승부를 요청했다.

"하아, 말도 안 되는 결과였소. 노부가 고작 이십 초식 이내에 패배할 줄은 몰랐지."

"이십 초식?"

고작 이십 초식 이내에 패배했다는 말에 천마 역시도 내심 놀랐다.

일 년 만에 현경의 극을 넘어서 대연경의 경지에 한 발자국 다가가게 된 무인을 이십 초식 이내에 제압했다는 것은 상상을 초월할 정도의 진보라 할 수 있었다.

'진보가 아니라 진화에 가까운 수준이군.'

직접 북호투황과 겨룬 천마는 그가 오황 중에서 최고 정점의 무위를 지녔다고 생각했다.

당대 천하제일이라고 해도 과언이 아닌 자를 이십 초식 이내에 제압했다는 것은 상상을 초월하는 괴물이라고밖에 표현할 길이 없었다.

'문제는 계속해서 진화하고 있다는 거로군.'

천마는 본능적으로 마교에서 본 그 시신들에 남아 있던 검혼이 북호투황이 이야기하고 있는 산발 괴인의 작품이라고 확신했다.

시신들에는 천 년 전 무림의 정점이자 전설로 남은 선마혈(仙魔血) 세 고수의 검(劍)이 전부 녹아들어 있었다.

'설마… 우리 세 사람의 검법이 전부 녹아든 자신만의 검을 만드는 것인가?'

만약 그렇다면 놈은 여전히 계속해서 진화하고 있다는 것을 의미했다.

그야말로 충격이었다.

천 년 전 무림을 활보하던 당시에도 이런 감정은 느껴본 적이 없었다.

호적수라 불리던 검선, 그리고 증오하던 혈마 이외에도 자신에게 강한 호승심을 갖게 만들거나 긴장감을 감돌게 만든 적은 없었다.

'재미있군. 역시 무림이란 건가?'

절대로 한 명의 천하제일을 용납하지 않는 거대한 숲이 무림이다.

천마의 그런 생각을 모르는 북호투황이 계속 이야기를 이어 나갔다.

"노부는 결국 마지막 대결을 미뤘소."

"패배를 인정한 건가?"

"아니오. 노부는 절대로 그자의 존재를 용납할 수 없소."

눈에 실핏줄까지 서서 파르르 떨리는 북호투황의 눈빛에는 강한 분노가 서려 있었다.

그분이라고 칭하던 호칭도 어느새 그자로 바뀌었다.

그는 자신이 마지막으로 이끌던 사파 무림맹의 잔존 무사들을 전멸시키고 무림에서 사파를 최약체로 만든 장본인을 절대로 주군으로 인정할 수 없었다.

"노부는 누구보다 죽이고 싶었지만 지금과 같은 방법으로는 어떻게 할 수 없다는 사실을 깨달았소."

결국 북호투황은 세 번째 대결을 미루고 그를 돕기로 약속했다.

그것은 모든 것을 받아들이고 마음으로 모시는 것이 아니라, 훗날에 있을 재대결을 위해서였다.

"노부는 그의 곁에서 그의 성장의 근본을 알아내고 허실을 찾기 위해 돕기로 하였지만, 오히려 알면 알수록 더욱 절망감뿐이었지."

기약 없이 언젠가는 그의 허실을 알아내서 꺾겠다고 한 지가 벌써 이 년이 훌쩍 넘었다.

북호투황은 그를 꺾을 방법은 자신이 이상향으로 생각하는 권을 완성하는 길밖에 없다고 여겼다.

하지만 아무리 초식을 연마하고 개발해도 점점 미궁에 빠지고 괴로움만 더해갔다.

그런 북호투황에게 산발의 괴인이 처음으로 조언을 했다.

―깨달음이 없이 그저 몸으로 모든 것을 때우려고 하니 실패한 것이다.

그 말의 의미를 전혀 깨닫지 못했는데, 천마가 같은 말을 언급함으로써 자신은 아직까지 이 괴물들과 같은 선상에 서질 못했다는 것을 알게 되었다.

모든 과거를 회상해서 털어놓은 북호투황은 한결 가벼워진 얼굴이 되었다.

"아무리 그렇다고 해도 네 녀석 같은 놈이 그저 단순히 이 같은 사실을 털어놓을 리가 없는데, 무슨 이유냐?"

그가 바라보고 있는 북호투황은 마음으로 따르지 않는다고 할지언정 절대로 배신을 할 위인은 아니었다.

그런데 천마에게 넋두리하듯 자신의 과거를 털어놓았다.

"그 괴물을 알기에 노부는 솔직히 천마 그대만큼은 꺾을 수 있다고 생각했소."

비록 한 남자에게 세 번의 패배를 겪었으나 그자는 무림사에 다시없을 괴물이라고 생각했다.

그렇기에 북호투황은 아무리 전설적인 무인으로 남은 천마라고 할지라도 지금의 자신이 이기지 못할 상대라고 단정 짓지 않았다.

하지만 결과는 승복을 절대적으로 인정할 수 없는 패배로 이어졌다.

"수십, 수백 번을 실패한 노부의 절초를 단번에 완성시킨 그대는 노부가 알고 있는 그 괴물과 비교해도 절대로 밀리지 않을 거라 생각하오."

북호투황은 다른 오황을 비롯해 수많은 무인들과 만나서 겨뤘다.

하지만 오늘 처음으로 두 번째 좌절감을 맛보았다.

그는 자신에게 두 번째 패배를 안긴 천마라면 어쩌면 그 끝없이 진화하는 괴물을 꺾을 수 있을 것이라고 판단했다.

쏴아아아아아!

한참을 생각에 잠긴 듯 거센 빗줄기가 쏟아지는 어두운 하늘을 바라보던 북호투황이 진지한 눈빛으로 천마에게 고개를 숙이며 말했다.

"노부를 대신해서라는 말은 하지 않겠소. 부디 무림의 안위를 생각해서 그 괴물을 반드시 죽여주시오."

"무림의 안위?"

고개 숙여 부탁하는 북호투황을 바라보며 천마의 표정이 묘해졌다.

자신의 무에 대한 자부심이 넘쳐나는 자가 누군가에게 부탁한다는 것은 절대로 쉬운 일이 아니었다.

더군다나 무림의 안위를 위해서라는 대의적인 표현마저 썼다.

사파의 거두가 이런 표현마저 써가며 천마에게 고개를 숙였다는 것은 그를 최악의 위험으로 간주한다는 의미였다.

"어차피 그놈을 보러 온 참이다."

부탁을 수락한다는 직접적인 말은 아니었지만 그 말은 간접적으로나마 긍정이었다.

이에 북호투황은 만족한 얼굴로 고개를 들었다.

"놈은 어디에 있지?"

북호투황의 이야기를 들어보니 그 괴인은 이곳 해남도를 근거지로 둔 것이 틀림없었다. 그렇다면 그의 거처 역시도 오지산 비룡주벽에 있는 해남파일 것인데, 그곳에는 해남표국의 사람들과 검황의 둘째 제자인 석금명뿐이었다.

"그자는 지금 이곳에 없소."

"없다고?"

"원래는 오지산의 삼 봉에 거처가 있을 텐데, 지금은 없을 것이오."

"지금은 없다고?"

"노부가 알기로는 그렇소."

"그자를 도왔다면 어디에 있는지도 알 텐데?"

이들은 혈교 못지않게 은밀하게 움직이고 계획적으로 배후에서 무림의 전쟁을 조장했다.

단지 목표가 극명하게 혈교라는 것을 알 수 있었지만 이를 위해서 수많은 무림인을 희생시켰다. 그것은 흡사 혈교가 무림 절멸을 꾀하는 것과 같은 모양새였다.

천마의 물음에 북호투황이 고개를 저었다.

"그자가 정확히 어디에 있고 무엇을 하는지는 만박자 무명이나 석금명이라는 자 외에는 아무도 모르오."

"만박자?"

만박자라는 말에 천마의 눈에 이채가 띠었다.

그는 천마가 활동하던 당시 한참 후기지수로 이름을 날리다가 현역에서 은퇴를 하고 후대에 교주를 물려주었을 때, 무림에서 가장 뛰어난 머리를 가졌다고 알려진 인물이었다.

학문에 밝고 의술에서부터 병법과 진법까지 다양한 분야에서 일가를 이룬 인물이라 알려져 많은 무림인의 존경을 받았기에 천마 역시도 그 별호를 들어본 적이 있었다.

"그대가 구면인 것으로 알고 있소."

"글쎄? 부활자들을 꽤 많이 보았지만 만박자… 혹시 두 눈이 없는 자인가?"

생각해 보니 천마를 진법에 가둬서 꽤나 곤욕스럽게 만든 자가 있었다.

선도를 수련해서 원영신을 개방할 수 없었다면 빠져나오기 힘들 만큼 견고한 진법을 다루기에 내심 감탄했다.

"맞소. 그가 만박자요."

"멀쩡한 눈은 왜 후벼 파가지고."

"노부도 그에 관해서는 잘 모르오. 단지 그자 못지않게 부활한 것에 대해서 많이 원망스러워한다는 말이 있었소."

이것은 북호투황도 들은 이야기에 불과했다.

천마는 만박자라는 인물이 정파에서 정의감이 강하고 명망이 높은 자로 알려졌는데 부활해서 이런 일을 꾸민다는 것이 마음에 걸렸다.

"놈의 목적을 알고 있나?"

"노부도 정확하게는 알 수 없었소. 단지 혈교에 대한 원망이 지나치게 강하다는 것 외에는. 다만 그자를 볼 때마다 괴물 같은 무위를 지녔는데도 마치 불나방과도 같고, 꺼지기 전에 촛불이 불타오르는 것과 같이 보였소."

끝을 알 수 없는 저력을 가진 자가 왜 그렇게까지 분노에 사로잡혀 불속을 향해 달려가고 있는지 북호투황 역시도 알 길이 없었다.

"삼 봉의 그의 거처로 가면 단서가 있을 수도 있소."

북호투황의 말에 동의한 천마는 서둘러야겠다는 생각을 했다.

조금 전까지만 해도 그들의 대결을 지켜보고 있던 석금명의 행방이 묘연했다.

북호투황에 집중하는 사이에 몰래 도망친 것 같았지만 아무래도 느낌이 석연치가 않았다.

"안내해라."

"노부가 말이오? 아, 알겠소."

누군가를 안내한다는 것이 익숙하지 않은지 북호투황이 멋쩍게 답하며 앞서 경공을 펼쳤다.

젊은 청년의 외양을 하고 있는 천마였지만 그 껍데기 속의 알맹이는 천 년 전의 전설적인 무인이면서 선구자와 같았다.

먼저 앞서서 경공을 펼치며 오지산 삼 봉에 있는 거처로 안내하던 북호투황의 눈빛에 당혹감이 서렸다.

"이런!"

말을 하지 않아도 그 이유는 눈앞에 펼쳐지는 광경만 보아도 알 수 있었다.

거센 빗줄기 때문에 옅기는 했으나, 오지산 삼 봉 꼭대기 쪽에서 회색 연기가 피어오르고 있었다.

"멍청한 놈은 아니었군."

누구의 소행인지는 뻔했다.

삼 봉 꼭대기에 도착하자 작은 암자와도 같은 건물이 한 채 있었는데, 창문과 기와 사이에서 검은 연기가 피어오르고 있었다.

거센 빗줄기와 거친 바람이 아니었다면 금방이라도 건물이 탔을 것이다.

"영악한 놈 같으니라고."

주변에 기척이 감지되지 않는 것으로 보아 석금명은 건물에 불을 지르고 곧바로 도망간 것 같았다.

천마가 두 손을 휘저으며 장력을 일으키자 바닥에 고여 있던 물이 거대한 물방울 형태를 이루며 허공으로 수십 개가 떠올랐다.

슈슈슈슈슈!

물방울이 떠오르자 천마가 건물을 향해 양손을 뻗었다. 물방울이 창문과 열려 있는 문을 통해서 건물 내로 빨려들어갔다.

물방울이 차례로 건물 내부로 들어가는 순간 천마가 주먹을 쥐고 있다가 펴는 시늉을 했다.

촤촤촤촤촤!

집 안으로 들어간 물방울이 터질 듯이 산개하며 집 내부를 불태우고 있던 불길을 산화(散火)시켰다.

한 번에 불길을 잡아낸 천마가 더 이상 건물에서 연기가 피어오르지 않자 집 안으로 들어갔다.

"망했군."

하지만 이미 집 내부에 있던 가구에서부터 모든 가재도구가 전부 타서 그을음이 되어 있었다. 천마가 애써 불길을 잡은 것은 쓸데없는 내공 낭비가 되어버렸다.

뒤따라온 북호투황 역시 아무것도 남지 않은 집 안을 보며 혀를 내둘렀다.

"석금명 그자가 철두철미한 것은 예전부터 알고 있었지만 정말 빠르구려."

"뭐, 몸이 안 되면 머리라도 굴릴 줄 알아야지."

괴인에 관한 단서를 찾기도 전에 그 거처가 전부 타버렸으니 어찌할 도리가 없었다.

남은 것은 해남파의 건물을 뒤져서 무엇이라도 나오길 바라는 것이었다.

"해남파의 건물로 가자."

"아니오. 노부는 여기서 그대와 길을 달리 해야 할 것 같소."

"뭐?"

그런데 그를 따라올 것 같던 북호투황이 안녕을 고했다.

천마 자신에게 산발의 괴인을 죽여달라고 부탁했기에 그자의 밑에서 결별한다고 생각했는데 의외였다.

"어쩔 셈이지?"

"비록 의도한 바는 아니지만 노부 역시도 그를 도운 것은 분명하오."

자유로운 성향을 가지고 타인에게 해악을 끼치는 것에 대해서 양심의 가책을 받으며 살아온 적은 없으나, 북호투황은 그의 밑에서 일한 모든 순간을 후회하고 있었다.

사파를 다시 부활시켜 주겠다는 약조를 믿고 남은 사파인들을 규합해 사파 연맹을 만들었더니 혈교와의 전쟁에 전부 희생되기만 하였다.

이제 사파는 몰락과 쇠퇴의 길을 걷는다고 해도 과언이 아니었다.

"노부에게도 무자로서의 신념이 있소."

"그게 뭐가 어떻다는 거지?"

북호투황의 눈빛은 모든 것을 해탈한 것 같았다.

"비록 내기에서 졌기 때문에 그를 돕겠다고 했으나 약조는 약조요. 노부는 더 이상의 관여는 하지 않을 작정이오."

산발의 괴인을 이길 자신이 없었기에 마지막 승부를 미루고 그를 도우면서 허실을 찾아보려 했지만 그 모든 시간이 부질없었다.

북호투황은 자존심 하나로 살아온 인물이었기에 천마에게 그를 죽여달라는 부탁을 했지만 옆에서 돕는 것만큼은 스스로 용납할 수 없었다.

"그걸 내가 어떻게 믿을 수 있지?

"…노부는 더 이상 무림에 관여하지 않고 은퇴하겠단 말이오."

만약 그를 아는 사람들이 들었다면 놀랄 만한 발언이었다.

무인이 은퇴한다는 것은 죽을 때를 의미한다고 주변인들에게 입버릇처럼 말해온 북호투황이다.

"마지막 대결을 쉽게 포기하는군."

"후후후, 노부의 마지막 대결은 아직 끝나지 않았소."

"음?"

"노부는 지금부터 그자나 그대를 상대할 후인을 키울 것이오."

"호오?"

북호투황은 이미 자신의 대에서는 산발의 괴인이나 천마를 어찌해 볼 수 없다는 사실을 받아들였다.

그렇기 때문에 늦었지만 자신의 무공이 사장되지 않고 후인에게 이어져서 훗날을 기약하려고 하는 것이다.

"그건 멋진 계획이로군."

해탈한 사내의 노후 계획이 마음에 들었는지 천마가 미소를 지으며 답했다.

무림에서 마음이 떠난 자를 애써 붙잡고 있을 필요는 없었다.

산을 내려가려는 북호투황을 바라보며 천마가 마지막으로 물었다.

"그러고 보니 그 괴인의 이름을 듣지 못했군."

"노부도 그자의 이름을 들어본 적이 없소. 단지… 만박자가 두어 번 정도 그를 검마(劍魔)라고 부른 것 같소."

"검마?"

이름이 아니라 별호였다.

천 년 전에 활동하던 당시에도 들어본 적이 없는 별호였다.

아무래도 마교로 돌아간다면 이 별호에 관한 정보를 현화
단에 조사시켜야겠다는 생각이 들었다.

"그럼 무운을 빌겠소."

그 말을 마지막으로 북호투황은 무림에서 완전히 종적을
감췄다.

북호투황이 말한 후인은 훗날 삼십여 년이 지나서 무림에
모습을 드러내는데, 선대가 완성시키지 못한 권(拳)을 무림에
선보이게 된다.

한편, 오지산 삼 봉에 불을 지른 석금명은 죽을힘을 다해서
북쪽으로 경공을 펼치고 있었다.

북호투황의 넋두리가 배신으로 이어질 거라고 짐작한 그는
괴인 검마의 거처로 가서 불을 지르고 곧장 하산했다.

마음 같아서는 비룡주벽으로 가서 설유라를 데리고 가고
싶었지만 그 정도의 시간까지는 절대로 벌 수 없다는 것을 알
기에 과감하게 포기했다.

'미안해, 사매. 꼭 다시 오겠어.'

어차피 천마의 정체를 알고 있기에 설유라가 갈 곳은 정해

져 있었다.

지금은 어떻게든 해남도를 탈출해야만 했다.

한참을 경공을 펼치며 섬의 중부 평야 지대를 지나자 해남도의 북쪽 바닷가 쪽이 눈에 들어왔다.

해남표국의 바로 앞에 포구가 있는데, 그곳에서 배를 잡아야 했다.

평소라면 이런 태풍이 부는 날에 배를 띄우는 것은 상상도 하지 못할 일이었지만, 어떻게든 섬을 탈출해야 하니 방법은 그것뿐이었다.

'천마 그자도 해냈는데 못할 것도 없다.'

다만 우려되는 것은 천마가 혹시나 해남표국을 먼저 거쳐서 온 것이 아닌가 걱정되었다. 그 혼자서 배를 띄울 수는 없는 노릇이었다.

멀리서 표국의 장원 건물에 불이 반짝이는 걸로 보아 무사한 듯했다.

'됐다!'

다행이라는 생각에 경공에 박차를 가하던 석금명의 얼굴이 딱딱하게 굳었다.

해남표국의 장원 건물에 들어서지 않았는데도 코끝을 찌를 만큼 비린 혈향이 진동하고 있었다.

'젠장!'

불길함을 감지한 석금명이 몸을 틀어서 도망치려는 순간.

파곽!

어느새 나타난 죽립의 사내가 상상을 초월하는 손놀림으로 석금명의 팔을 꺾어서 넘어뜨리고 그를 제압했다.

화경의 고수인 그를 이렇게 쉽게 제압하려면 훨씬 상위의 고수만이 가능했다.

공력을 끌어 올려 반항해 보려 했지만 상대의 내공이 너무 강해서 꼼짝할 수가 없었다.

"크흑! 누, 누구냐?"

빗물 바닥에 얼굴을 박은 채로 석금명이 분한 듯이 외쳤다.

그러자 죽립인이 낮은 어조로 말했다.

"본인은 성진경이라고 하오."

"도, 동검귀?"

석금명을 붙잡은 사내는 중원무림에서 다섯 손가락에 꼽히는 절대자 중의 한 명인 동검귀 성진경이었다.

83장

뜻밖의 손님

해남파의 지하 금옥에 갇혀 있던 퇴왕 염사곤.

그는 금옥에 갇혀 있는 내내 머릿속으로 북호투황과의 대결을 복기하고 있었다.

'안 돼.'

머릿속으로 수십, 수백의 수를 염두에 두고 해보았지만 답이 없었다.

적수공권으로는 누구보다도 뛰어나다는 자부심을 가진 그라 해도 전(前) 오황인 북호투황에게는 몇 초식도 버티지 못한 채 패배하고 말았다.

그때 북호투황이 한 말이 기억났다.

"애송이 네 녀석은 스승의 절반도 쫓아가지 못하는군."

사실 그의 스승이라고 해봐야 무공의 기초만 잡아주고 사
라졌다. 하늘로 간 것인지 땅으로 꺼진 것인지 알 길이 없었다.

"기구하구나."

허탈하기 짝이 없었다.

검황에게 의심을 사고 무림맹의 구금실에 갇혀 있는 것이
나 이곳 외딴 섬에 있는 금옥에 갇혀 있는 것이나 별반 차이
가 없었다.

쏴아아아아!

내공이 금제되어 갇혀 있어도 밖의 빗소리가 끊이지 않는
다는 것만큼은 확실했다.

척추의 기문에 박힌 다섯 개의 침 때문에 통증으로 잠도
오지 않는다. 한참을 멍하게 바닥만을 바라보는 그의 귓가로
비명 소리가 들려왔다.

"끄아아악!"

"크헉!"

금옥을 지키는 금옥지기들의 비명이었다.

이윽고 얼마 있지 않아 염사곤이 있는 금옥 쪽으로 가벼운

발소리가 들려왔다.

'여자인가?'

예상대로 호리호리한 그림자와 함께 나타난 사람은 바로 설유라였다.

객당에서 이곳으로 건너오느라 그녀의 긴 머리카락과 옷이 젖어 축축해져 있었다.

염사곤의 눈이 커졌다.

그녀 역시도 어딘가에 구금되어 있던 것으로 알고 있는데 이곳에 나타났다는 것은 탈출했다는 의미였다.

"아가씨? 어떻게……?"

"염 대협, 드디어 찾았네요. 잠시만요."

촤촤촤악!

설유라가 검에 검기를 만들어내 금옥의 철창을 잘라냈다.

철장이 갈라지자 염사곤이 어안이 벙벙해졌다.

무림맹을 탈출했을 때와 반대의 상황이 벌어졌으니 말이다.

"기문이 봉해진 건가요?"

"그렇습니다."

"제가 도울 방법이 없을까요?"

기문을 봉한 침은 척추의 혈(穴) 자리에 꽂힌 것이기 때문에 어설프게 뽑게 되면 하반신 불구가 될 수도 있었다.

지난번에는 화경의 고수인 염사곤이 미세한 내공을 모아서 혼자의 힘으로 뺐다지만, 침이 다섯 개가 박혀서 이번에는 빼기가 힘들었다.

"…제 손바닥에 손을 맞대신 후에 제가 말씀드리는 운기 경로로 내공을 보내주십시오."

"알겠어요."

설유라가 염사곤과 손바닥을 맞대고 그가 말하는 운기 경로의 혈로 내공을 유입했다.

그것을 받아들인 염사곤이 운기 경로를 통해 들어오는 내공을 단전에 모아서 척추의 기문에 박혀 있는 침으로 압력을 가했다.

"끄으읍!"

하나도 아니고 다섯 개가 꽂힌 것은 처음이기에 많이 고통스러웠다.

하지만 혼자의 내공이 아닌 설유라의 지원이 있었기에 천천히 하나씩 침을 빼냈다.

푹푹!

그의 몸을 빠져나간 침들은 강한 탄력에 의해 금옥의 벽에 박혔다.

침이 하나씩 빠져나갈 때마다 봉해져 있던 기맥이 열리며 운기가 자연스러워졌다.

서로의 내공에 집중하느라 두 사람의 얼굴은 땀범벅이었다.

"하아, 이제 마지막입니다!"

팍!

마지막으로 염사곤의 기문을 봉한 침이 빠져나가자 그의 창백하던 안색에 핏기가 돌았다.

그에게 계속 내공을 주입하느라 지친 설유라는 다리가 풀려서 바닥에 주저앉았다.

그녀도 내공이 많이 회복되지 않은 상태에서 이곳으로 왔기 때문이다.

"어떻게 오신 겁니까?"

"사마 공자가 왔어요."

기뻐하는 눈빛으로 말하는 설유라를 보며 염사곤의 눈에 이채가 띠었다.

태풍이 몰아치는 이 날씨에 섬으로 들어왔다는 말이기 때문이다.

그것보다도 사마 공자라고 하니 무림맹의 구금실에 갇혀 있을 때 그가 마교의 개파 조사인 천마인 것을 몰랐냐고 추궁당한 것이 기억났다.

'사마 공자? 천마? 대체 그는 누구지?'

계속해서 그들의 위험과 행로에 맞물리는 것을 보면 연(緣)이 있는 것은 분명했다.

그것이 좋은 연일지 악연일지 지금은 알 수가 없었다.

"우선 운기조식을 해서 내공을 조금이라도 회복한 후에 나가……."

바로 그때였다.

콰아아앙! 쿠르르르르!

"꺄아아아아아악!"

"허억!"

고막을 울리는 거대한 굉음과 함께 산 전체가 지진이라도 난 것처럼 흔들렸다.

그 탓에 해남파의 건물들도 흔들거리며 지반이 약한 건물들이 무너져 내렸다. 다행인 것은 그들이 있는 본당 건물은 가장 튼튼했기에 무너지지 않았다.

'대체 무슨 일이 일어난 거지?'

산 전체가 흔들릴 정도면 산사태가 일어나는 것일 수도 있었다.

"아가씨, 나가야 할 것 같습니다!"

심하게 흔들리던 건물의 진동이 어느 정도 가시자 염사곤이 다급한 목소리로 말했다.

건물이 무너져 내리는 줄 알고 놀란 설유라가 창백해진 얼굴로 고개를 끄덕였다.

내공 회복이 문제가 아니었다.

까딱하다가는 무너지는 건물에 깔릴 수도 있다는 생각에

그들은 서둘러서 본당 건물을 빠져나갔다.

쏴아아아아!

장대비가 쏟아지는 해남파의 영역에는 인기척조차 느껴지지 않았다.

이곳을 지키던 대다수의 사람들을 천마가 죽인 데다 그나마 본당의 지하에 있던 구금지기들마저도 설유라가 죽였다.

"…이럴 수가!"

하늘에서 쏟아지는 빗줄기에 눈살을 찌푸리면서도 염사곤의 얼굴이 경악으로 물들었다.

일 봉을 올라가는 길목에 있는 비룡주벽에서 보면 산 정상이 어느 정도인지 가늠할 수 있는데, 그 높던 오지산 일 봉의 꼭대기가 통째로 날아가고 없었다.

"…염 대협, 제 눈이 잘못된 게 아니죠?"

"그, 그렇습니다."

도대체 무슨 일이 일어났기에 산꼭대기가 날아갔는지 알 수가 없었다.

산사태라고 보기에는 아래쪽으로 젖은 흙더미가 밀고 와서 내려앉거나 하진 않았다.

"설마?"

"왜 그러십니까?"

"사마 공자가 석 사형을 쫓아서 산 위로 올라갔거든요."

"산 위로요? 허어."

"혹시 석 사형이 산 정상에 폭약이라도 숨겨놓은 게 아닐까요?"

얼마나 많은 폭약을 써야만 산꼭대기가 저렇게 통째로 사라질지 짐작이 가지 않았다.

태풍으로 인해 거센 비바람이 내리는 날에 이런 폭발이 일어날 리도 없었고, 폭발에 의해서 날아갔다면 산사태가 일어날 게 틀림없었다.

"아무래도 그건 아닌 것 같군요."

"그렇다면 다행이지만."

"짐작이 가는 부분이 있지만 솔직히 믿기 힘들군요."

석금명의 잔꾀라면 분명 천마를 북호투황이 있는 곳으로 유도했을 거라 짐작하는 염사곤이다.

다만 아무리 무공의 극에 달한 자라 할지라도 인간의 힘으로 산을 날린다는 것은 믿기 힘들었다.

"아가씨, 일단 저희는 산을 내려가도록 하죠. 방금과도 같은 일이 또 일어나지 않을 거라는 보장이 없습니다."

내공을 어느 정도 회복하고 내려가려 한 염사곤이었지만 그러기에는 상황이 어찌 될지 짐작이 가지 않았다.

당연히 내려가리라 생각한 설유라가 고개를 저으며 말했다.

"잠깐만요, 염 대협. 가기 전에 본당 건물의 정보들을 챙겨서 가는 게 어떨까요?"

"네?"

"지금 전부 설명하긴 힘들지만 석 사형에게 들은 게 있어요."

설유라는 석금명의 비화를 들으면서 무림맹과 검문이 계속해서 위기에 처하는 것이 석금명의 복수심과 배후에서 그를 이끄는 자의 짓임을 알게 되었다.

그렇다면 그들의 진정한 목적이 무엇인지를 알아야만 한다고 여겼다.

설유라의 진지한 눈빛에 염사곤이 한숨을 내쉬며 답했다.

"휴, 알겠습니다. 대신 조금이라도 위험하다면 곧바로 하산하도록 하죠."

"네."

그들은 서둘러 본당의 건물로 들어가 방들을 뒤지기 시작했다.

본당 건물의 일층은 넓은 대청이었지만 이층으로 올라가 보니 문주의 집무실과 회의실이 있었다.

집무실을 뒤져보니 생각 외로 별다른 정보나 자료는 나오지 않았다.

염사곤은 정좌로 운기조식을 하진 않았지만, 움직이는 내내

약식으로나마 운기를 하며 조금이라도 내공을 회복하는 데 집중했다.

혹시나 북호투황과 석금명이 나타나게 되면 설유라를 들쳐 메고라도 도망쳐야 하니 말이다.

달칵!

마지막으로 집무실 문을 열자 여기저기 둘둘 말려 있는 큰 두루마리를 비롯해 서류로 보이는 것들이 긴 탁자 위에 널브러져 있었다.

그것들을 살펴보니 중원의 각 지역의 전도를 비롯해 각 문파의 세력이 보유하고 있는 전력을 분석해 놓고 있었다.

"허어, 이게 대체……."

그 분석은 소름이 끼칠 만큼 무림의 삼대 세력을 중심으로 하여 하위 항목으로 각 문파에 관한 보유 전력을 상세하게 서술해 놓고 있었다.

심지어 서류 중에는 검하칠위에 대한 정보를 적어놓은 것들이 있었는데, 그곳에는 그들이 보유하고 있는 전력에서부터 성격까지 서술되어 있었고, 이것을 어떻게 이용해야 한다는 것까지 적혀 있었다.

검하칠위 이석—파월도제 순휘.
무림맹의 직위—은현대의 수장.

상세 무위—화경 중입.

세력 범위—사천 남부를 근거지로 삼고 있고, 운남의 북부까지 영향력을 펼치고 있음.

검하칠위 내의 서열 다툼보다도 자신만의 패권과 영역을 넓히는 데 전력을 집중.

패권을 노리는 인물치고 무게감이 적고 귀가 가벼운 인물이기 때문에 약간의 부추김만으로도 충분히 움직일 수 있음.

중독 상태인 검황의 병상을 이용하여 무림맹을 흔드는 패로 적격.

그 내용을 보는 염사곤의 손이 떨렸다.

파월도제 순휘의 정보를 서술해 놓은 종이 밑에는 실패라고 적혀 있었다.

그 외에도 수많은 인물이 거론되었는데, 놀라운 것은 정파 내의 구파일방을 비롯해 중소 문파들에 대한 섭외를 성공했다는 자료도 있었다.

"대체 석금명 이놈은 대체 무슨 음모를 꾸미고 있었단 말인가!"

지금까지는 석금명에게 석 공자라고 공대를 해온 염사곤이었지만 이 같은 자료들을 보고 나니 분노를 참기가 힘들었다.

회의실에 있는 자료대로라고 한다면 무림맹에서 벌어지는

모종의 사건을 석금명이 있는 이 정체불명의 조직에서 주도했다는 것이 아닌가.

"염 대협, 이것도 좀 보세요."

그녀가 넘겨준 종이에는 사파 연맹에 대해 서술하고 있었다.

죽었다고 알려진 북호투황을 중심으로 사파의 남은 전력을 규합하여 무림맹과의 전쟁을 유도해 숨어 있는 혈교를 수면 위로 끌어내야 한다는 내용이 적혀 있었다.

"하! 이것도 이놈들의 짓이었나?"

황당하기 짝이 없었다.

갑작스러운 사파 출신 문파들의 대거 탈퇴가 이어지는 현상을 모두 이 조직이 계획적으로 의도했다는 것을 증명해 주는 서류였다.

이것을 무림맹주인 검황에게 알린다면 어떤 반응을 보일지 안 봐도 뻔했다.

한참을 화가 나서 분개하고 있던 때다.

"재미있군. 여기에 들르지 않았다면 꽤나 아쉬울 뻔했어."

회의실 입구 쪽에서 들려오는 목소리에 놀란 그들이 고개를 돌려 뒤를 돌아보았다.

문 앞에는 석금명을 따라서 오지산의 이 봉으로 향한 천마가 서 있었다.

"사마 공자!"

천마의 등장에 설유라가 반가운 표정으로 그를 불렀다.

그러나 무림맹의 구금실에 갇혔을 때 그가 마교의 개파 조사인 천마라는 것을 알았냐며 연신 추궁당한 염사곤은 경계심이 가득한 눈빛이 되었다.

"뭐지, 그 눈빛은?"

"…그대가 마교의 개파 조사인 천마라고 들었소. 아니오?"

단도직입적인 질문에 염사곤의 곁에 있던 설유라의 표정이 굳었다.

그녀 역시도 무림맹의 구금실에서 취조 때 수차례 들어온 말이지만 계속해서 부정해 왔다.

그들의 굳은 얼굴을 바라보며 천마가 아무렇지도 않게 말했다.

"그렇다면?"

긍정을 의미하는 말에 설유라의 눈빛이 흔들렸다.

"우리에게 고의적으로 접근한 것이오?"

의도한 바가 아닌 것치고는 계속되는 만남을 의심하는 염사곤이었다.

그 역시도 정파의 사람이기 때문에 마교에 대해 적개심이 있었고, 검문에 의해 마교가 한 번 패배해서 내분까지 일어났기 때문에 정말로 천마가 마교의 조사라면 자신들에게 절대로 좋은 감정이 있으리라고 생각하지 않았다.

"고의 좋아하시네."

천마는 어이가 없는지 고개를 절레절레 흔들고 회의실 안으로 들어왔다.

그가 다가오자 경계심이 가득하던 염사곤이 언제라도 초식을 펼칠 수 있도록 자세를 취했다.

"허튼짓이란 걸 알 텐데?"

내공이 아직 일 할도 회복되지 않은 염사곤에게는 승기가 없었다.

물론 만전의 상태라고 할지라도 무위 차가 너무 컸다.

"흥, 어차피 네 녀석들에게 관심 없으니 귀찮게 굴지 마라."

천마가 콧방귀를 뀌며 탁자 위에 놓여 있는 서류를 들고 훑어보았다.

정말로 자신들에게 전혀 관심이 없다는 듯이 서류를 살피자 염사곤이 이채를 띠었다.

'하아, 다행인 건가.'

그리고 한편으로는 내심 안심해 버리고 만 자신이 한탄스러웠다.

천마의 입으로 자신의 정체를 인정하자 설유라는 머릿속이 복잡해지며 어찌할 바를 몰랐다.

처음으로 연심을 품은 남자가 천 년 전 마교의 개파 조사라는 것을 인정하기도, 믿기도 힘들었다.

'역시인가.'

서류들을 살피는 천마의 눈매가 날카로워졌다.

처음에는 현재 무림에서 암중 일어나는 사건들을 전부 혈교와 연결 지어서 생각한 천마였지만, 어느 순간 그들과는 다른 조직이 배후에 있다고 추측했다.

예상대로 혈교가 했다고 보기에는 의아한 사건들은 전부 연관이 되어 있었다.

'…이 조직의 목적은 혈교인가?'

서류를 살펴보면 검마라 불린 괴인이 이끄는 이 조직은 전체적으로 무림의 삼대 세력을 이용해서 혈교를 이끌어내는 데 많은 전력을 기하고 있었다.

그렇다면 검마라는 자는 혈교와 악연으로 이어졌을 가능성이 높았다.

'검마, 검마……'

아무리 떠올려 봐도 자신이 활동하던 천 년 전에는 들어본 적이 없는 자였다.

그런 자가 어째서 혈교에 대한 분노를 토해내는지 이해할 수가 없었다.

서류를 뒤적거리며 정보를 살피던 천마가 물었다.

"혹시 앞으로의 계획에 관련된 서류는 없었나?"

"…그런 것은 없었소."

먼저 들어와서 서류들을 살폈지만 향후의 계획에 대해 적어놓은 것은 전혀 발견하지 못한 염사곤이다.

"흠."

그런 천마의 눈에 회의실 우측 벽면에 크게 붙여놓은 중원 전도가 들어왔다.

중원 전도에는 그동안 삼대 세력이 움직인 상황을 색이 들어간 작은 종이로 붙여서 표시해 두었다.

흰색 종이는 하남성을 중심으로 움직이는 무림맹으로 보였고, 곳곳으로 분산된 노란색 종이는 사파 세력, 그리고 검은색 종이는 광서성과 광동성 사이에 있는 마교였다.

"잘도 정리해 놨군."

그동안 삼대 세력이 전력을 움직인 경로를 잘 분석해 놓은 전도였다.

하지만 천마의 눈을 가장 이끈 것은 곳곳에 붙여놓은 붉은색 종이였다.

중원의 각 지역에 그들이 나타난 시점과 경로가 자세히 서술되어 있었는데, 천마가 알고 있는 몽고 초원과 상해, 절곡 등을 비롯해 중원 곳곳에 나타났다.

"허어."

그것을 바라보는 염사곤의 입에서 탄성이 흘러나왔다.

무림맹의 정보단보다도 훨씬 무림의 현황을 잘 알 수 있게 만든 전도였다.

계속해서 전도를 살펴보는 천마의 눈빛이 어느 순간 한곳을 향했다.

'역시 여기인가?'

아무 말도 하지 않고 있었지만 천마의 눈빛은 중원 전도의 서북단 쪽을 향해 있었다.

그곳은 바로 신강이었다.

모든 세력이 골고루 퍼져 있고 그 전력들의 움직임이 중원 전역을 넘나들며 표시된 반면에, 유독 붉은색 종이가 거의 보이지 않는 곳이 바로 신강이었다.

신강 지역에 먹으로 동그랗게 표시를 해둔 것으로 보아 이곳 조직 역시 같은 판단을 한 것 같았다.

'확실하군.'

좋은 정보를 얻었다고 판단한 천마는 벽면에 붙어 있는 중원 전도를 뗐다.

그러고는 그것을 최대한 작게 접은 후 품속에 챙겼다.

"아아……."

그 모습에 염사곤이 먼저 챙기지 못한 것을 아쉬워했다.

다른 서류도 중요한 것들이 많기는 했지만 전도만큼 모든 것을 요약한 것은 없었다.

"훗, 나는 이것만 있으면 되니까 계집이나 네 녀석은 필요한 서류들을 알아서 챙겨 가도록."

그 말과 동시에 천마는 미련이 없다는 듯이 회의실을 나가려 했다.

이에 혼란스러운 마음을 진정시키고 있던 설유라가 그를 불렀다.

"잠깐만요."

"뭐지, 계집?"

"…당신께 하나만 묻고 싶어요."

"무엇을 말이냐?"

"방금 전까지는 솔직히 혼란스러웠지만 있는 그대로만 보고 물어보고 싶어요."

선도를 지향하는 검문의 제자인 설유라에게 마교는 말 그대로 척멸해야 하는 악과도 같았다. 하지만 최근의 많은 일을 겪으며 그녀는 정, 사, 마에 대해 가지고 있던 선입견이 점차 변해갔다.

무엇이 옳고 그른지에 관해서 판단을 내릴 수가 없어졌다.

"사마 공자, 당신이 천마라고 한다면 우리 정파에서 알고 있는 것처럼 정말 악인인가요? 세상에 다시없을 악한 사람인가요?"

중원 무인들이 모두가 알고 있는 전설적인 무인 천마는 마교의 개파 조사이면서 마도의 종주라 불리는 자였다.

그에 관해 내려오는 이야기는 절대로 좋은 것만 있지 않았다.

오히려 유일하게 호평하는 것은 무(武)로 견줄 자가 없다는 점뿐이었다.

하지만 설유라가 그동안 겪어온 천마는 무조건 악인으로 단정 지을 수 없는 인물이었다.

그녀 자신만 하더라도 몇 번이나 그의 도움으로 목숨을 부지했다.

설유라의 진지한 목소리에 입구 쪽까지 걸어간 천마가 뒤도 돌아보지 않고 퉁명스럽게 답했다.

"생각하고 싶은 대로 생각해라. 나는 나일 뿐이다. 악하고 그른 것은 결국 계집 네가 생각하기에 따라서 달라질 뿐이니."

천마는 그 말과 함께 회의실을 나가 버렸다.

그의 뒷모습을 바라보는 설유라의 표정이 미묘하게 바뀌어 갔다.

정의와 악이라는 것에서 선입견을 가지고 평생을 살아온 사람이 그 기준점이 무너졌을 때의 혼란은 이루 말로 할 수 없다.

'아가씨께서 많이 충격을 받으셨나 보군.'

염사곤이 침울하게 고개를 숙이는 그녀의 모습에 안타까워했다.

그 역시도 무림맹의 구금실에 갇혀서 이때까지 자신의 삶을 되돌아보는 기회를 가졌고, 모든 것에 회의를 느꼈기에 십분 공감이 갈 수밖에 없었다.

그러던 설유라가 뭔가를 결심했다는 듯이 말했다.

"염 대협!"

"네, 아가씨."

"염 대협은 여기에 있는 자료들을 연통이든 다른 어떤 방법을 써서라도 스승님께 전해주세요."

"주군께요?"

"…아무리 그래도 저에겐 스승님이고 염 대협에게는 주군이시잖아요. 그분께서도 이것을 알아야 더 이상 배후 세력에게 흔들리지 않으실 거예요."

석금명이 알려준 비화 때문에 사문에 대해서 적잖게 충격을 받은 그녀였지만, 그래도 어릴 적부터 자신을 거둬서 키워주고 가르쳐 준 스승이었다.

아무것도 모르고 배후 세력들에게 놀아나면서 점점 스스로 고립되어 가는 모습을 그저 지켜만 보고 있을 수 없었다.

"그렇게 말씀하시는 게 꼭……."

"저는 사마 공… 아니, 천마님을 따라서 마교에 가보겠어요."

"네엣?"

염사곤이 놀라서 이해할 수 없다는 표정을 지었다.

그의 정체를 알게 되었는데도 마교로 가겠다는 것은 무슨 의도인지 알 수 없었다.

"아가씨, 하지만……."

"그를 따라 마교에 가서 제가 보지 못한 것들을 직접 확인하고 싶어요."

어차피 그녀는 지금 당장에 무림맹으로 복귀한다고 해도 검황의 노여움이나 오해를 풀 방법이 없었다.

먼 타향으로 떠나거나 숨어서 지내는 것 외에는 방법이 없었지만 그렇게 하고 싶지 않았다.

이렇게 된 이상 천마를 따라가서 자신이 모르고 있던 진실을 알고 싶어졌다.

물론 그의 진정한 정체를 알고 나서도 가슴속 깊이 여전히 남아 있는 연정의 감정도 하나의 이유였다.

"휴우, 저를 정말 난처하게만 하시는군요. 알겠습니다. 그렇다면 저도 아가씨를 따라서 마교로 가도록 하겠습니다."

"염 대협!"

"대신 언제라도 문제가 생긴다면 저와 함께 마교를 벗어난다고 약속해 주세요."

"…약속할게요."

설유라에게 몇 번이나 확답을 들은 염사곤은 그녀를 따라 마교에 동행하기로 했다.

그전에 먼저 하산해서 내려가는 천마를 따라잡아야 했다.

염사곤과 설유라는 회의실의 진열대에서 죽통 같은 것을 찾아내 중요한 서류들을 챙겨 급히 산을 내려갔다.

한편, 해남도 쪽만큼은 아니었지만 태풍의 영향권인 중원 남단에 있는 광서성과 광동성 지역에도 거센 빗줄기가 대지를 적시고 있었다.

비가 내리는 십만대산의 마교는 조사인 천마가 자리를 비운 이후로 교 내의 대전이 무림맹과의 알력으로 시끄러운 상태였다.

동맹을 일방적으로 파기한 무림맹은 섬서성과 호북성에 있는 마교의 지부들을 기습적으로 공격해 괴멸시키는 등, 본격적으로 마교에 관한 적의를 드러냈다.

현화단의 단주인 매선화가 대전에서 이 같은 소식을 전하고 있었다.

"섬서성과 호북성에 점조직으로 분산시켜 놓은 마교의 지부 중 총 스물일곱 곳이 무림맹의 공격을 받고 전멸했습니다."

"특별한 대응책은 있는가?"

"점조직으로 구성되어 있어서 아직 전부 전멸된 것은 아니지만 북무림은 무림맹과 정파 소속의 문파들이 대거 밀집되어 있어서 최소한의 인력으로 조직을 더욱 분산시키는 방향을 취했습니다."

중원 전역에 있는 각 지부들이 없다면 마교의 자체적인 정보망이 무너지기에 완전한 철수는 힘들었다.

매선화의 판단이 옳다고 생각한 교주 천극염이 고개를 끄덕이며 긍정을 표했다.

그러나 이런 무림맹의 움직임은 마교를 향한 전면 도전과도 같았다.

혈교와의 전쟁으로 전력이 약화된 것은 무림맹 역시도 마찬가지였기 때문에 굳이 도발에 고개를 숙일 필요가 없었다.

"이참에 무림맹과 확실하게 결판을 지어야 한다고 생각하오. 여러 장로님들은 그렇게 생각하지 않소?"

"맞소!"

"동의하오! 어찌 무림맹과 같은 하늘 아래 같이 있을 수 있단 말이오!"

일 장로 오맹추의 말에 다른 장로들도 동의하는지 격하게 대답했다.

그렇게 대전이 무림맹에 관한 적의로 뜨겁게 달아오르던 차에 대전 문이 열리며 한 교인이 다급하게 뛰어 들어왔다.

"교주님께 아룁니다! 지금 어림잡아 천여 명 정도 되는 병력의 무사들이 북문에서 오 리(五里)가량 떨어진 곳에 진을 치고 대기 중입니다."

"뭐라?"

갑작스러운 병력이 등장했다는 말에 시끄럽던 회의장이 조용해졌다.

예기치 않은 사태에 교주 천극염이 인상을 찌푸리며 물었다.

"그런데 왜 아직까지 경보 종을 울리지 않은 것이냐?"

천 명이라면 적지 않은 수의 병력이다.

방비가 제대로 되지 않은 상태에서 기습을 당한다면 꽤나 큰 피해를 볼 수 있었다.

"그, 그게 그들의 수장으로 보이는 자가 혼자서 성문 앞으로 와서……."

"혼자서 와?"

병력을 최대한 물리고 수장이 성문 앞에 왔다는 것은 마교를 침공하거나 전쟁을 치를 의도는 아니라는 의미였다.

그런데 이어지는 교인의 말은 대전 내의 모든 수뇌부를 의아하게 만들었다.

"천마 조사님을 뵙기 청했습니다."

"조사님을?"

비룡주벽에 있는 해남파에서 빠르게 하산한 천마는 여유롭게 경공을 펼쳐 북상해 해남표국에 도착했다.

해남표국은 동검귀 성진경과 칠 장로 철마권 모자웅에 의해 이미 정리가 되어 있었다.

그들은 천마가 지시한 대로 표국에서 표국주 다음으로 오랜 경력자라고 하는 연로한 상급 표사를 사로잡았다.

해남표국에는 특별히 부국주의 직책을 가진 자가 있지 않았다. 그리고 오지산에서 괴인 검마의 거처를 불태우고 도망친 석금명까지 사로잡았다.

"호오, 고작 도망간다는 게 여기였나? 생각보다 멍청하군."

'빌어먹을! 역시 천마 이놈과 한패였구나.'

진경에 의해서 전신의 혈도를 제압당한 석금명은 아무 말도 하지 않고 분하다는 눈빛으로 천마를 노려보기만 했다.

"쓸 만한 놈을 잡았군."

"화경의 고수로 보이는 자가 표국에 나타났기에 일단 제압했습니다."

아무렇지도 않게 답하는 성진경이었지만 그를 데려오지 않았다면 석금명은 적어도 이렇게 쉽게 잡히진 않았을 것이다.

"흐음, 잔머리를 잘 굴리는 녀석이니까."

천마는 혈도가 제압당해 꼼짝할 수 없는 석금명의 뒤로 가서 발로 걸어찼다.

무릎을 꿇고 있던 석금명이 발길질에 넘어져 엎어지고 말왔다.

그런 석금명을 향해 천마가 검지를 긋는 시늉을 했다.

촤악!

"읍읍읍!"

날카로운 통증과 함께 석금명의 손목 근맥이 잘려 나갔다.

적을 붙잡았으니 당연한 처사이기도 했다.

그런데 그게 끝이 아니었다.

"네 녀석같이 잔머리를 굴리는 놈들은 제대로 처우해 주지 않으면 쓸데없는 짓거리를 하려 든단 말이야?"

휘릭!

천마가 공력을 일으켜 석금명의 몸을 뒤집어 대(大) 자로 만들더니 그의 단전을 향해 손바닥을 갖다 댔다.

'서, 설마?'

석금명의 두 눈이 커지며 당혹스러운지 움직이지도 않는 몸을 들썩였다.

그러거나 말거나 천마의 손에서 공력이 흘러나왔다.

우우웅! 콰직!

"끄으으으으으."

마혈이 제압되어 말을 할 수 없는 석금명이었지만 엄청난 통증에 전신의 피부가 붉게 달아올라서는 연신 고통스러운 신음을 흘렸다.

석금명의 두 눈엔 핏대가 서 있고 눈물까지 흘러내렸다.

'허어.'

천마의 조치에 칠 장로 모자웅 역시 꽤 놀랐다.

제압한 후로 다른 정보는 몰라도 그의 정체가 무림맹주의 배신한 둘째 제자인 석금명인 것은 알고 있었다.

꽤 쓸모 있는 패라고 여겼는데 고민도 하지 않고 단전을 파괴시킬 줄은 몰랐다.

무림인에게 가장 큰 고통은 가진 힘을 잃는 것이다.

'빌어먹을! 빌어먹을! 천마아아아아아!'

단전이 파괴되는 고통 못지않게 극도의 상실감은 석금명을 분노케 만들었다.

근맥이 잘리고 단전이 파괴되어 서서히 내공이 흩어지면서 평범한 범인이 되었으니 그 분노를 이루 말할 수 없었다.

"네 녀석 같은 분란거리를 그냥 멀쩡히 내버려 둘 거라 생각했나? 크큭."

천마의 이죽거림에 칠 장로 모자웅이 곁에서 침을 꿀꺽 삼켰다.

마도의 종주라는 칭호가 전혀 무색하지 않을 만큼 모든 행동에 있어서 과감하고 결단력이 있었다.

"됐다. 이 녀석과 표사 놈을 배에 실어라."

"아, 철수하시는 겁니까?"

"그래."

"명을 받듭니다."

생각보다 빠른 철수에 의아했지만 태풍이 몰아치는 지긋지긋한 섬을 벗어날 수 있다는 생각에 즐거워진 칠 장로 모자웅이 얼른 석금명과 상급 표사를 어깨에 들쳐 메고 타고 온 배로 향했다.

철수를 위해 배에 오르는 천마와 일행 쪽으로 멀리서 급히 경공을 펼치며 다가오는 자들이 있었다.

그들은 바로 검황의 셋째 제자인 설유라와 퇴왕 염사곤이었다.

"잠깐만요!"

빗속을 뚫고 설유라의 낭랑한 외침이 들려왔다.

당연히 섬을 벗어나려면 해남도 북부의 포구인 이곳까지 와야 했지만 급히 경공을 펼치며 부르는 것이 따라잡으려는 것 같았다.

"어떻게 할까요, 조사님?"

선주인 최익겸이 천마의 눈치를 보며 물었다.

그들을 부르는 것을 보아서 천마와 안면이 있다고 생각한 것이다.

'…귀찮군.'

더 이상 설유라를 상대하는 것이 귀찮은 천마였다.

"신경 끄고 배를 띄워라."

천마의 명에 잠시 의아해하던 최익겸이 선원들을 향해 닻을 올리라고 소리쳤다.

닻이 올라가고 묶어놓은 줄을 풀자 배가 포구의 선착장에서 떨어져 앞으로 나아갔다.

그래도 잠시 기다려 줄 거라는 예상과 달리 배가 떠나자 설유라와 염사곤은 어안이 벙벙해져 멍하니 배를 쳐다보았다.

"모, 못 들은 건가요?"

"…그럴 리가요."

그냥 무시하고 배를 띄운 것이 분명했다.

경공을 펼쳐서 뛰어넘기에는 이미 거리가 벌어졌고, 폭풍으로 인해 거칠게 몰아치는 파도에 엄두조차 나지 않았다.

멀어져 가는 배를 바라보는 설유라의 눈빛이 허탈함으로 가득했다.

잠시 후 설유라와 염사곤은 배를 띄울 만한 선주를 찾아보려 했지만 모두가 거절하는 바람에 태풍이 잠잠해질 때까지 해남도에서 기다려야만 했다.

폭풍우가 몰아치는 충주해협을 다시 거슬러 올라가는 방법은 전과 동일했다.

천마의 능력 덕분에 배는 폭풍이 몰아치는 위험한 바다를 무사히 통과해 출발지인 운래포구로 돌아올 수 있었다.

포로들이 있었기에 마차를 구해서 가느라 천마와 일행은 열흘에 걸쳐서 십만대산의 마교에 도착했다.

이동하면서 수차례 석금명과 상급 표사를 심문해 정보를 알아내려 했지만 그들은 어떠한 고문에도 입을 열지 않았다.

심지어 천마가 석금명의 손톱을 전부 뽑았는데도 그는 고통스러워하면서도 입을 열지 않았다.

석금명의 그런 독기와 근성에 천마조차도 인정하고 말았다.

몇 십 년이나 아버지를 죽인 원수의 제자로 들어가서 인내할 정도의 남자이니 쉽게 굴복할 리가 없었다.

"조사 어른, 무사히 돌아오셔서 다행입니다."

"조사님을 뵙습니다!"

그들이 마교에 복귀하자 기다렸다는 듯이 교주 천극염과 수뇌부가 마중을 나왔다.

명색이 개파 조사인 그를 대전으로 부를 수는 없는 노릇이었다.

그런데 평소와는 다른 분위기에 천마가 의아해하며 물었다.

"무슨 할 말이라도 있는 것이냐?"

그 물음에 천극염이 눈짓을 보내자 현화단주인 매선화가 답했다.

"조사님, 지금 북문에서 얼마 떨어지지 않은 곳에 천 명에 이르는 병력이 진을 치고 대기 중입니다."

"뭐?"

얼마 전에 찾아온 천 명의 병력은 아직까지 진을 치고 기다리고 있었다.

그들의 수장으로 보이는 자를 통해 돌려보내려고 했으나 어떻게든 천마를 만나야 한다는 말을 되풀이하며 고집을 부렸다.

"천 명이라면 제법 병력이 되지만 못 쫓아낼 전력도 아닐 텐데."

"저희가 압력을 가하자 절대로 전쟁 의사가 없다고 밝히며 가진 무구를 전부 해지하고 맡겼습니다. 더군다나 그들의 수장이 스스로 구금까지 요청해서 본 교 객당에 기문이 봉해져 있습니다."

비록 마교의 영역에서 대기하고 있다고는 하나 비무장 상태로 대화를 원한다고 접촉해 왔으니 마냥 공격을 하거나 쫓아낼 수는 없었다. 마교의 수뇌부는 천마의 부재를 알리고 후에 다시 찾아오기를 권했으나 기다리겠다는 대답뿐이었다.

"뭔가 다급한 입장에 처했나 보군."

"저희가 판단하기에도 그렇습니다."

스스로 기문을 봉하고 구금까지 요청할 정도면 최대한 몸을 낮춘 것이다.

"천 명이나 되는 병력이라면 적어도 삼대 세력에 속해 있거나 대문파급일 텐데, 어떤 자들인지는 파악했나?"

"그게 조금 이상합니다."

"뭐가 이상해?"

"저들의 무기를 회수하면서 살펴보았는데 구파일방인 점창파, 종남파, 공동파의 수뇌부에서부터 오대세가인 사천당가, 제갈세가, 심지어는 전대 무림의 사파 거두들까지 섞여 있었습니다."

조금 이상한 정도가 아니었다.

그렇다는 것은 정파와 사파가 하나로 어우러진 조합이라는 말이다.

어울리지 않은 조합의 병력을 이끌고 나타난 자는 과연 누구일까.

"그럼 객당에서 기다리고 있는 것인가?"

"그렇습니다. 동쪽 객당에 있습니다."

"알겠다. 직접 가보겠다."

"아닙니다. 저희가 교 내 대전으로 그자를 데려오겠습니다."

"번거롭다."

천마의 단호한 말에 더 이상 권하지 않았다.

한 번 결정한 것에 토를 다는 것을 별로 좋아하지 않는 천마였다.

천마가 곧장 동쪽 객당이 있는 곳으로 가자 교주 천극염이 마차 안에서 칠 장로 모자웅의 손에 끌려 내려오는 석금명과 연로한 상급 표사를 보며 물었다.

"이들은 누군가?"

"무림맹주 전 제자인 석금명과, 해남표국의 표사입니다."

"뭐, 석금명?"

석금명이라는 말에 천극염이 놀란 눈으로 그를 바라보았다.

근맥이 잘리고 단전이 파괴되어 무력해진 석금명은 창백한 얼굴로 비틀거리고 있었다.

석금명이라는 이름은 검황의 제자보다 무림맹의 군사로 더 명성이 높았다.

무림맹이 삼대 세력을 일통하기까지의 모든 계획과 군략은 전부 석금명의 머리에서 나왔다고 알려질 만큼 유능한 자였다.

그런 자가 어느 날 갑자기 스승을 배신하고 사라졌는데, 그것을 천마가 잡아왔으니 천극염을 비롯한 수뇌부들이 놀라는 것도 당연했다.

'무림맹에서도 잡지 못한 석금명이 아닌가? 도대체 조사님은……?'

한 번 무림으로 출타만 했다 하면 모두가 예상하지 못할 성과물을 가져오는 것이 놀라울 따름이었다.

"아, 그리고 조사님께서 현화단에 맡기라고 한 것도 있습니다."

칠 장로 모자웅이 품속에서 접혀 있는 전도를 건넸다.

궁금함을 이기지 못하고 곧장 전도를 펴본 천극염과 이를 곁에서 지켜보는 수뇌부의 얼굴이 방금 전보다도 더 경악으로 물들었다.

전도에는 그동안 중원 각지에서 벌어진 사건들이 너무도 상세하게 기록되어 있었기 때문이다.

한편, 마교의 동쪽 객당.

천마가 나타나자 객당 입구를 지키고 있던 교인들이 서둘러 그를 안내했다.

입구 쪽에서 그리 멀지 않은 우측 편 객실 앞에는 일류 고수들로 이루어진 교인 열 명이 엄중하게 경비를 서고 있었다.

"조, 조사님을 뵙습니다!"

천마의 등장에 화들짝 놀라서 교인들이 일제히 고개를 숙여 인사했다.

귀찮다는 듯이 손을 휙휙 저으며 천마가 말했다.

"열어라."

천마의 말에 객실 문 앞을 지키던 교인이 문을 열었다.

객실 문이 열리고 안으로 들어서는 천마의 눈에 이채가 띠었다.

누구인가 궁금하던 차에 뜻밖의 인물이 객실 안에서 기다리고 있던 것이다.

"네놈이었나?"

객실 탁자 앞의 의자에 앉아서 차를 마시고 있는 이는 눈을 붕대로 감고 있는 중년의 남자였다.

처음 보는 얼굴의 남자였는데 천마의 태도는 마치 그를 알고 있다는 투였다.

그런 천마를 향해 중년인이 고개를 절레절레 흔들었다.

"다른 이들은 모두 속였는데 역시 천마 공만큼은 속일 수가 없구려."

그 말과 함께 중년인이 갑자기 자신의 오른쪽 턱의 살갗을 붙잡아서 뜯어내는 것이 아닌가.

찌이이이이익!

그것은 실제 타인의 살갗을 약품 처리하여 만든 인피면구였다.

어찌나 교묘하게 잘 만들었는지 실제 얼굴처럼 보였고, 마교에 있는 대다수의 사람들을 속였는데 천마는 이것을 알아챘다.

놀랍게도 인피면구 속에서 드러난 얼굴은 온통 흉터로 가득하고 두 눈이 없는 자였다.

"흥, 겉모습만 속인다고 되나?"

인피면구 속의 남자는 바로 만박자 무명이었다.

만박자 무명.

본명은 위진웅으로 그는 천 년 전 천마의 바로 다음 세대에 활동한 인물이었다.

무공에서부터 학문, 병법, 진법, 의술까지 두루두루 못하는 분야가 없었기에 만박자라는 별호가 붙었다.

그가 만든 인피면구는 여타의 것과는 비교도 하기 힘들 만큼 교묘해서 이것을 쓰고서 누군가에게 들켜본 적이 없었다.

마교가 남마검 마중달과 내전을 겪을 때 마교의 수뇌부에게 얼굴을 보인 적이 있었다.

그런 그들마저도 속였는데 천마는 마주치는 순간 누구인지 눈치챈 듯했다.

여기서 똑똑한 만박자조차도 모르는 사실이 있었다.

원영신을 개방한 천마는 상대방 특유의 고유색이나 기운을 감지할 수 있었다.

만박자 무명이 모종의 배후와 관련되어 있다고 생각한 천마는 그의 기운을 기억하고 있었기에 인피면구와 상관없이 구분이 가능했던 것이다.

"대담한 놈이구나. 여기까지 나를 찾아오다니."

천마는 만박자 무명의 호기와 대담함을 높이 평가했다.

어지간한 배짱이 아니고는 적진 한가운데에 비무장으로 들어올 생각은 하지 못했을 것이다.

"뭐, 비무장까지는 아니군."

"호오, 그것도 눈치채셨소?"

만박자 무명이 대단하다는 듯이 고개를 절레절레 흔들었다.

그는 이곳에 와서 기문을 봉해도 좋다고 제안하여 척추에 세 개의 침을 꽂고 있었다.

그러나 의술 역시도 약선과 사타만큼의 실력을 지닌 그가 이 같은 것에 대책을 마련하지 않을 리가 없었다.

사전에 내공으로 기문을 감싸서 침이 완전히 기문을 막아 기의 흐름을 막는 것을 방비했다.

이렇게만 해도 내공의 반을 쓸 수 있게 된다.

매우 어려운 일이었기에 인체에 대해서 세세하게 알고 있는 만박자 무명만이 가능한 방법이었다.

"칭찬은 여기까지 하기로 하고."

"음?"

천마가 만박자 무명에게로 천천히 걸어오더니 손바닥으로 장력을 일으켜 그를 잡아당겼다.

강대한 공력에 만박자 무명이 당혹감을 감추지 못했다.

"이, 이게 무슨……?"

"무슨 짓이긴."

무명이 천마의 공력에 버텨보려고 했지만 기문을 막은 터라 절반의 내공으론 어찌할 도리가 없었다.

순식간에 의자에 앉아 있던 무명의 몸이 떠올라 천마의 앞에 고꾸라지고 말았다.

천마가 넘어진 무명의 기문이 있는 척추 부위로 손을 얹었다.

그러고는 강대한 내공을 불어넣었다.

우웅! 푸푸푹!

"크헉!"

무명의 입에서 선혈이 흘러나왔다.

기문에 박혀 있는 침을 내공으로 보호하고 있었는데, 천마가 그곳으로 내공을 주입시키면서 완전히 박히지 않은 침이 더욱 깊이 들어가고 말았다.

"어, 어째서 이러는 것이오?"

설마 이런 사태가 벌어질 거라고는 예측하지 못했는지 만박자 무명이 당혹스러운 목소리로 물었다.

"어설픈 수작 부리지 마라, 애송아."

"수작이라니?"

"기문을 봉하지도 않고 비무장인 것처럼 속이는 게 수작이 아니라는 것이냐?"

"이, 이것은 노부에게 자구책이었소."

천마 정도의 무인이라면 이를 인정해 줄 거라고 여겼다.

하지만 그것은 천마라는 무인이 아니라 그 인물을 전혀 모르는 소리였다.

천마는 절대로 후환거리를 만들거나 상대에게 빈틈을 보이는 성격의 소유자가 아니었다.

"자구책 좋아하시네. 네놈이 전에 나를 진법에 가둬두고 마교의 내전을 조장해서 남마검이란 녀석에게 본 교를 집어삼키게 하려 한 것을 잊었을 것 같으냐."

"그, 그것은……."

만박자 무명은 난처한 나머지 말문이 막히고 말았다.

전설적인 무인이면서 마교의 개파 조사답게 절대자의 입장에서 상대의 제안 정도는 들어볼 거라고 여겼다.

어제의 적이 오늘의 동지가 된다는 말이 있듯이 말이다.

'천마 이자는 정녕 일반적인 예측을 넘어서는 자로구나.'

만박자 무명의 선택은 어리석었다.

그가 정말로 천마를 설득하고 뭔가를 제안하려고 했다면 완전히 기문을 봉하고 원래의 얼굴을 숨기는 짓은 하지 말았어야 했다.

"참 재미있어. 제 발로 이렇게 잡히러 오다니 말이야."

"처, 천마 공, 노부는 그대에게 동맹을 요청하려고 온 것이

오. 중요한 정보를 알려줄 수 있는 사자를 이런 식으로 대해
도……."

"누가 사자라는 것이냐? 네놈들이 무림에 공식적으로 개파
를 한 문파라도 된단 말이냐?"

반박할 여지가 전혀 없는 말이었다.

도저히 말로는 당할 수가 없다는 사실에 만박자 무명은 고
민에 휩싸였다.

천마가 솔깃해할 제안이나 정보를 일부 풀어서 다시 협상
의 탁자로 유도해야겠다는 판단을 내렸다.

"처, 천마 공, 그대와 마교는 혈교의 근거지를 찾고 있지 않
소?"

"혈교?"

천마의 의아해하는 태도에 이야기가 통했다고 생각한 만박
자 무명이 기세를 타서 말을 이어가려 했다.

"노부와 본 조직은 그동안 그들의 음모를 추적해 왔기
에……."

만박자 무명의 말이 끝나기도 전에 천마가 아무렇지도 않
게 말했다.

"신강에 놈들이 숨어 있다고 얘기하고 싶은 것이냐?"

"그, 그걸 어떻게?"

어찌나 당황했는지 바닥에 엎드려 있는 만박자의 몸이 파

르르 떨렸다.

이 정보를 위해서 그들은 몇 십 년에 걸쳐서 중원 전체로 정보망을 구축하고 혈교를 추적하면서 놈들이 중원에 나타난 정보들을 바탕으로 겨우 도출하게 된 정보였다.

그런데 천마가 이 같은 엄청난 정보를 어떻게 알았는지는 몰라도 이미 알고 있으니 협상의 패로 사용할 수가 없게 되어 버렸다.

'도대체 이게 무슨 영문인가? 천마가 무슨 수로 그들의 근거지를 알아냈단 말인가?'

그런 만박자 무명의 반응에 천마가 이죽거리며 말했다.

"해남도에 참 좋은 정보가 많더군."

"뭣?"

해남도는 그들의 중요한 근거지였다.

그것은 쐐기와도 같았다.

천마의 그 말에 만박자 무명은 반항을 하지 않던 지금까지와 다르게 몸을 뒤틀며 천마의 손에서 벗어나기 위해 안간힘을 썼다.

완숙한 현경의 경지인 무명은 대자연의 기운을 끌어와 전신에 일시적으로 운기하여 단번에 기문에 박힌 침을 빼내려고 했다.

그러나 그것을 천마가 가만히 내버려 둘 리가 없었다.

꽝!

천마가 손을 뗐다가 다시 그의 기문을 향해 가볍게 장을 내려치자 침이 더욱 파고들며 강렬한 고통이 척추를 타고 전신을 관통했다.

"끄아아아아아악!"

비명을 지르는 만박자 무명을 향해 천마가 혈도를 점하며 말했다.

"일단 밖에 있는 녀석들부터 정리하고 그때 얘기하자."

"처, 천마아아……!"

타타탁!

훈혈(暈穴)이 점해지자 만박자 무명은 그대로 기절하고 말았다.

천마는 훈혈뿐만이 아니라 전신의 주요 혈도들을 점해서 무명이 어떤 식으로도 움직일 수 없게 봉했다.

객실 밖으로 나오며 천마는 빠른 속도로 마교의 대전으로 향했다.

한편, 마교의 북문에서 떨어져 진지를 구축하고 있던 천 명의 고수들은 갈수록 초조해지고 있었다.

조직의 군사인 만박자 무명을 믿지 못하는 것은 아니었지만 혼자서 마교 내부로 들어간다는 것은 위험한 도박이었다.

모두가 그것을 무리수라고 생각해 반대했지만 무명은 천마가 일대 대종사라면 절대로 자신의 말을 허투루 듣지 않을 거라며 자신감을 보이며 들어갔다.

"빌어먹을! 그냥 사자 한 명만 보내도 될 일을 뭐 하러 며칠째 이런 고생을 하는 건지. 쯧쯧."

사파의 전대 고수인 대사왕 공윤이 마음에 들지 않는다며 혀를 찼다.

"군사가 아니라 멍청이일지도."

"크크큭, 그러게 말일세."

다른 사파의 전대 고수들도 동의하는지 욕을 섞어가며 불만을 표했다.

이런 태도들을 오히려 더욱 불만스럽게 지켜보는 정파의 수뇌부들은 한심스럽다는 표정을 지었다.

물론 지켜만 보지 않는 자도 있었다.

사천당가의 부가주인 당호경이 눈썹을 치켜 올리며 말했다.

"무명 군사가 그대들과 같이 생각이 없는 줄 아는가? 상대의 신뢰를 얻기 위함이다. 모른다면 가만히 입을 닫고 기다려라."

"호오, 젊은 놈이 말버릇 보세."

사파의 전대 고수들은 전부 오십에서 육순을 넘어가는 나이였다.

그런데 고작 불혹을 겨우 넘긴 당호경이 당돌하게 일침을 가하니 그들의 심기를 건드릴 수밖에 없었다.

"그렇지 않아도 지루하던 차에 피를 보게 하는구나."

챙!

사파의 전대 고수 중 하나인 북명도 유금구가 도집에서 도를 반쯤 빼 들었다.

위협하는 태도에 반응한 것은 하북팽가의 호법인 팽무월이었다.

"이래서 아무리 급해도 사파의 조무래기들은 상종을 하지 마라 했거늘."

챙!

팽무월 역시 자신의 등에 메고 있던 도병에 손을 가져가며 언제라도 출수할 준비를 했다.

두 사람이 무기로 손을 가져가자 막사 내에 있던 정사의 고수들도 자연스럽게 출수 준비를 마치고 있었다.

이때까지 같은 조직에 속해 있으면서도 한 자리에 모인 적이 없었으니 지금까지 다툼이 없이 지내온 것이 오히려 용할 정도였다.

더군다나 그들을 규합하고 중재하던 만박자 무명마저도 자리를 비웠으니 분위기는 최악으로 치닫고 있었다.

'이러다는 정말 큰일이 나겠구나.'

유일하게 사태를 심각하게 여긴 제갈태가 나서서 그들을 만류했다.

"그만들 두시오. 군사가 자리에 없다고 이렇게 내부적으로 분란이 일어난다면 우리의 대의가 어찌 되겠소!"

그런 제갈태의 중재에도 불구하고 사태는 좀처럼 수그러들지 않았다.

북명도 유금구는 이미 도를 완전히 빼 들고 지독한 살기를 내뿜고 있었다.

바로 그때였다.

누군가 수뇌부 막사의 장막을 들추며 재미있다는 투로 중얼거리면서 들어왔다.

"이야, 괜히 왔네. 이럴 줄 알았으면 하루 정도 내버려 두는 건데. 저절로 해결될 뻔했는데 아쉽군, 아쉬워."

갑작스러운 등장에 정사 고수들의 시선이 일제히 그곳으로 향했다.

흑색 장포를 걸친 그는 약관의 나이로 보이는 청년이었다.

의아한 표정의 전대 사파의 고수들과 달리 구파일방, 오대세가에 포함되어 있는 정파의 고수들은 그 얼굴을 모를 리가 없었다.

제갈태가 당혹감이 가득한 목소리로 입을 열었다.

"천… 마?"

수뇌부의 막사로 난데없이 들어온 자는 다름 아닌 천마였다.

천마라는 말에 살기를 흩뿌리며 언제라도 도를 휘두를 것 같던 사파의 수뇌부도 두 눈이 휘둥그레져서 천마를 바라보았다.

'이자가 갑자기 이곳에 어찌……?'

부재중인 것으로 알고 있었는데 다시 마교로 복귀했다면 스스로 볼모를 자처한 만박자 무명과 협상을 하고 있어야 했다.

'설마 아무것도 모르고 이곳으로 온 건가?'

천마가 마교로 복귀하는 길에 아무 영문도 모른 채 이곳 진지로 들어왔다고 결론을 내린 제갈태가 그에게 사정을 설명하려 했다.

"마교의 개파 조사인 천마 공을 뵙게 되어 영……."

촤악!

제갈태가 미처 말을 끝내기도 전에 그의 목에 붉은 선이 생겨나며 머리통이 힘없이 바닥으로 떨어졌다.

한순간에 벌어진 사태에 막사 내에 있는 모든 고수의 어안이 벙벙해졌다.

그렇게 바닥에 떨어진 제갈태의 머리통을 보면서 천마가 이

죽거리는 목소리로 말했다.

"영광은 무슨 개풀 뜯어 먹는 소리야? 무림맹에서 수작 부릴 때는 언제고."

84장

만박자 무명의 제안

인사를 하던 제갈태가 허무하게 목이 떨어져 나가자 막사 내에 있던 고수들은 이 상황을 어찌해야 할지 난감함을 금치 못했다.

그들이 이곳까지 온 이유는 피치 못할 사정으로 인해 마교 와 동맹을 맺기 위해서였다. 그런데 동맹을 위해서 대기하는 수뇌부의 목을 베었으니 동맹에 대해서 다시 생각해 봐야 할 만큼 안하무인격의 행동이었다.

"대, 대체 이게 무슨 짓이오?!"

갑작스러운 일격에 두 눈도 제대로 감지 못하고 죽은 제갈태의 머리를 보며 당황스러워하던 사천당가의 부가주 당호경이 소리쳤다.

"무슨 짓?"

"협상을 위한 자리에 어찌 이런 무례한 행동을 한단 말이오!"

"무례? 무례처럼 느껴지긴 하나 보군. 무림맹에 본 교가 방문했을 때 네 녀석들이 수작을 부린 게 엊그제 같은데 말이야."

"그, 그건······."

당호경은 천마의 말에 아무런 대꾸도 할 수가 없었다.

마교에서 무림맹에 동맹을 제의하러 갔을 당시, 지금 이곳에 모여 있는 정파의 수뇌부가 모종의 계략을 통해 그것이 제대로 성사되지 못하도록 방해한 것을 꼬집었기 때문이다.

"내가 볼 땐 오히려 네 녀석들이야말로 자세가 갖춰지지 않았어."

천마의 일침에 당호경은 더 이상 반박할 말이 떠오르지 않았다.

이때 오대세가의 수뇌부 중 호전적이기로 유명한 하북팽가의 호법 팽무월이 노기가 서린 목소리로 말했다.

"자세라니, 그게 무슨 소리요? 귀 교는 협상을 위해서 비무장까지 자처한 타 조직에게 이런 식으로 대접한단 말이오?"

자신들이 양보했다는 것을 거론했다.

그 말에 천마가 콧방귀를 뀌며 답했다.

"협상? 웃기는 놈들이로군. 네 녀석들 전부 비무장이라고 들었는데, 이 안에 있는 놈들 중에서 도검이 없는 녀석들이 없네?"

"그, 그건……."

천마의 날카로운 지적에 팽무월은 한순간 말문이 막히고 말았다.

부정할 수가 없는 것이, 사전에 무구들을 맡길 때 수뇌부의 무기는 미리 숨겨두었다.

적지에 들어왔는데 완전한 비무장을 하기에는 위험부담이 컸기 때문이다.

자신감 있게 나서서 오히려 약점만 잡혀 아무 말도 하지 못하는 팽무월을 향해 천마가 혀를 차며 입을 열었다.

"쯧, 네놈들의 우두머리라는 녀석은 내공을 금제당한 척하지 않나. 뭐, 길게 얘기하는 것도 귀찮다."

천마가 팽무월을 향해 검지를 뻗었다.

그 순간 날카로운 예기가 허공을 관통하며 팽무월에게 쇄도했다.

"위험하네!"

짧은 순간에 바로 옆에 있던 곤륜파의 호도 진인이 보이지 않는 예기를 향해 검을 휘둘렀다.

댕강! 촤아아아악!

호도 진인의 검이 부러졌다.

그 탓에 천마가 찌른 예기가 빗겨 나가 막사의 천장 일부가 찢겨져 나갔다.

부러진 검병을 잡고 있는 호도 진인의 손에서 피가 흘러내렸다.

'무형화된 검기를 막은 것만으로 본도의 손이 이렇게······.'

믿을 수 없을 만큼 강했다.

그제야 눈앞에 있는 사내가 마교의 개파 조사이자 전설적인 무인인 천마임을 실감했다.

호도 진인에 의해서 겨우 목숨을 부지한 팽무월은 죽을 뻔했다는 생각에 더 이상 말로 해서 될 문제가 아님을 깨달았다.

'가만히 넋 놓고 있다간 전부 당할지도 모른다.'

챙!

팽무월이 도를 뽑아 들며 천마에게 절초를 날렸다.

도벽개천(刀霹開天).

하북팽가의 혼원벽력도법(混元霹靂刀法)에서 가장 패도적인 도초로 십 성 공력으로 전력을 다해 내려쳤다.

팽무월의 도에서 뻗어 나온 도기에 막사의 천막이 수직으로 갈라졌다.

'좁은 막사 내에서 이런 절초를!'

근처에 있던 정사의 고수들이 내려앉는 막사에 경공을 펼쳐서 벗어났다.

그런데 검을 뽑아서 도초를 막을 거라 생각한 천마는 가볍게 허공에 검지를 그을 뿐이었다.

채채채챙!

그러자 팽무월의 도가 천마에게 닿기는커녕 허공에서 날카로운 예기와 부딪치더니 이내 강대한 힘에 의해 뒤로 튕겨져 나가 버렸다.

"크악!"

쿵쿵!

팽무월 역시도 초절정의 고수로 명성을 날렸지만 천마와의 무위 차는 하늘과 땅만큼 간극이 컸다.

검조차 꺼내지 않았는데 심한 내상을 입고 바닥에서 일어나질 못했다.

고작 한 초식에 불과한 대결이었지만 그것만으로도 주변에 있는 모든 정사의 고수들을 전율케 만들었다.

'그야말로 괴물이다.'

'만박자 무명이 천마를 끌어들이려고 애를 쓰는 이유가 있었구나.'

전율스러운 무위도 그렇지만 저자를 설득하려 했는데 설득은커녕 이러다가 큰 사달이 날 것만 같았다.

손에 피를 흘리고 있는 곤륜의 호도 진인이 천마를 향해 외쳤다.

"천마 공께서 분노하심은 타당한 줄 알겠지만, 이쯤에서 부디 멈춰줬으면 하오! 우리는 정말로 싸우기 위해서 온 것이 아니올시다!"

"멈추지 않겠다면 어쩔 테냐?"

"주위를 둘러보시오. 그대가 있는 곳이 어딘지."

웅성웅성!

막사의 천막이 갈라지면서 벌어진 사태에 막사에서 쉬고 있던 무사들까지 나와 그들을 둘러싸고 있었다.

안타까운 점은 무기를 맡기는 바람에 전부 맨손이라는 것이다.

하지만 숫자로는 천여 명이나 되는 무인이 포위했기에 천마 혼자 적진에 덩그러니 있는 것과도 같았다.

"어쩌라는 것이냐?"

그럼에도 불구하고 천마의 태도에는 전혀 변화가 없었다.

오히려 심드렁한 얼굴로 주변을 포위하고 있는 무사들을 둘러보고 있었다.

아무리 전율적인 무위를 가진 절대 고수라고 할지라도 천

명이나 되는 무인들 사이에서 저토록 대담하고 여유로운 모습을 보이는 것이 이해가 가지 않을 정도였다.

그 모습에 사파의 전대 고수인 대사왕 공윤이 기가 찬다는 투로 말했다.

"그대가 아무리 무위가 뛰어나다고 해도 이 모든 무인을 감당할 수 있을 것 같나? 킬킬, 미쳐도 단단히 미쳤군."

천마를 자극하는 말이었지만 이 점은 모두가 동의하는지 아무 말도 하지 않았다.

그런 그들을 향해 천마가 목소리를 높여 말했다.

"네 녀석들이 착각하는 게 하나 있다! 너희들이 나를 둘러싸고 있는 게 아니야!"

오만한 목소리.

그리고 절대적인 자신감에 가득 차 있었다.

"그게 대체 무슨 소리요?"

어이가 없다는 듯한 공윤의 말에 천마가 의미심장한 눈빛으로 말했다.

"하룻강아지들이 범을 둘러싼다고 먹이에서 적으로 격상될 것 같나?"

쿵!

그 말과 함께 천마가 진각을 강하게 내려찍으며 우측을 향해 오른 주먹을 내질렀다.

대기가 찢겨져 나가듯이 공간이 일그러지며 강렬한 풍압이 발생하더니 거대한 권강이 폭풍처럼 앞으로 뻗어나갔다.

콰콰콰콰쾅!

"크아아악!"

"살려줘!"

거대한 권강이 지나가는 길목에서 비명 소리가 사방을 울렸다.

단 일권을 내질렀을 뿐인데, 권강의 위력은 가히 경천동지했다.

권강이 스쳐 지나간 자리는 온통 초토화되었고, 수십 개나 되는 막사가 전부 산산조각이 나버렸다.

더욱 경악스러운 것은 천마가 권을 내뻗은 방향에 있던 모든 무사가 권강에 소멸되거나 팔다리를 잃고 처참하게 바닥을 기어가고 있었다.

"마, 말도 안 되는……."

정사를 막론하고 모든 수뇌부의 얼굴이 경악으로 물들었다.

얼핏 보아도 단 일권에 백여 명에 가까운 사상자가 발생했다.

기존에 그들이 알고 있던 권강이라는 정의에서 벗어나 천재지변과도 같은 위력이었다.

"투호… 권강?"

사파의 전대 고수들은 천마의 방금 그 일권을 잘 알고 있었다.

그들이 활동하던 당시에도 여전히 북무림의 절대자로서 북호투황이 군림하고 있었으니 말이다.

어떻게 북호투황의 권을 쓸 수 있는지는 모르겠지만 그 위력은 익히 알고 있었다.

그런데 천마가 쓰는 투호권강은 오히려 당사자인 북호투황이 펼치는 것 이상의 위력을 보여주었다.

'…이길 수 없어.'

'저런 괴물을 어찌한단 말인가?'

본능적으로 사파의 전대 고수들은 이 자리에 어떤 누가 있고 얼마나 많은 무인이 있다고 해도 절대로 천마를 막을 수 없다는 사실을 인지하기 시작했다.

댕그랑!

사파의 전대 고수들이 바닥에 무기를 떨어뜨렸다.

그것은 싸울 의사가 없다는 것을 보이기 위해서였다.

'별수 없구나.'

댕그랑! 댕그랑!

구대문파와 오대세가에 속하는 정파의 고수들 역시도 천마의 전율적인 힘에 어찌할 수 없음을 깨닫고 바닥에 무기를 내려놓았다.

수뇌부가 무기를 떨구고 포기하자 주변을 포위하고 있던 일반 무사들 역시도 바닥에 무릎을 꿇었다.

"쯧."

적들이 굴복하자 천마가 아쉽다는 듯이 혀를 찼다.

한 명이라도 제대로 된 실력자가 있기를 바랐지만 그런 배짱이나 무위를 가진 자는 존재하지 않았다.

그때 정사의 무사들이 진지를 구축한 곳을 향해 무수한 사람들이 오열을 맞춰 걸어오는 소리가 들려왔다.

마치 기다렸다는 듯이 수천 명에 이르는 마교의 교인들이 무장을 하고 그들을 향해 다가오고 있었다.

"허어……."

이 광경에 정사의 수뇌부는 허탈한 한숨을 내쉬며 두 눈을 질끈 감았다.

처음부터 천마의 목적은 하나였다.

그들을 제압한 뒤 구류하기 위해서 나타난 것이 분명했다.

비록 비무장을 자처하긴 했지만 동등한 협상을 위해서 천 명에 이르는 고수들이 마교의 밖에서 대기하며 무력시위를 하려 한 그들로서는 어리석은 선택이었음을 인정할 수밖에 없었다.

"오오!"

뒤늦게 마교의 교인들을 무장시켜 쫓아온 일 장로 오맹추는 바닥에 꿇고 있는 정사의 무사들을 바라보며 감탄을 금치 못했다.

'역시 조사님이시구나.'

먼저 가겠다며 경공을 펼쳐서 당황했는데, 그 짧은 시간 안에 상황을 정리해 놓을 줄은 몰랐다.

마교의 교인들은 전의를 잃고 무릎을 꿇고 있는 무사들을 제압해서 마교로 압송시켰다.

정사의 수뇌부 역시도 혈도가 제압되어 압송되어야만 했다.

마교의 성 내에 있는 금옥에서 팔백여 명이나 되는 대규모의 인원을 모두 수용할 수 없기에 인원을 나눠서 그들을 구금시켰다.

이로써 혈교와 더불어 무림의 이면에 숨어 공작을 펼치던 배후 세력이 그 수장인 괴인 검마를 제외하고는 어이없이 붙잡히는 사태가 벌어지고 말았다.

그렇게 이틀이 지나가고, 혈도를 제압당해 기절한 만박자 무명이 깨어났다.

정신을 차린 무명은 오후가 지나서야 천마를 다시 만날 수 있었다.

탁!

그런 무명에게 천마가 아무렇지도 않게 명단이 적힌 서류를 넘겼다.

"아, 글을 읽을 수가 없지? 제갈태, 제갈금, 팽무월, 팽무진……."

앞이 보이지 않는 무명에게 천마가 천천히 서류에 적혀 있는 이름들을 하나씩 읊었다.

천마가 부르는 명단의 이름들은 마교의 성 북쪽에서 진지를 구축하고 있던 정사의 수뇌부와 고수, 무사들이었다.

"전부 맞나?"

"크으, 결국 이렇게 되는 것이오?"

설마 정말로 밖에 있던 그들을 전부 붙잡아서 구금할 거라고는 상상도 하지 못한 만박자 무명이다.

전략이나 전술, 병법에 능한 그였지만 아무리 계산을 해도 천마라는 인간을 예측하고 짐작하는 것은 불가능했다.

딱!

그때 천마가 손가락을 튕기며 밖으로 신호를 보내자 기다렸다는 듯이 객실 바깥에서 대기하고 있던 교인들이 누군가를 끌고 들어왔다.

완전히 기문이 봉해져 상대의 기척을 감지할 수 없는 무명이 의아해했다.

그러나 그 누군가의 목소리를 듣는 순간 정체를 알 수 있었다.

"군사!"

"석 단주?"

그 누군가는 검황의 전 둘째 제자인 석금명이었다.

명단의 이름을 부를 때만 하더라도 크게 놀라는 반응이 없던 만박자 무명은 석금명의 목소리를 듣는 순간 당혹스러움을 감추지 못했다.

이틀 전 그와의 대화에서 해남도를 거론했을 때 불안함을 가지기는 했지만 설마 석금명을 붙잡았을 줄은 몰랐다.

'해남도에는 북호투황이 있거늘.'

천마의 무공이 경천동지할 만큼 대단하다는 것은 알고 있었다.

하지만 북호투황 역시도 그분이 수차례 강해지고 있다고 언급할 만큼 무력에 관해서는 절대로 밀리지 않는 자였다.

"…북호투황을 어찌했소?"

만박자 무명의 질문에 석금명 역시도 의아한 표정을 지었다.

마지막에 기억하는 것은 그가 패배한 후 과거를 주절주절 이야기하는 것을 보았을 뿐이다.

천마가 그들의 반응에 입꼬리를 올리며 말했다.

"몰라서 묻나?"

그 말을 듣는 순간 만박자 무명이 씁쓸한지 고개를 절레절레 흔들었다.

북호투황이 죽었을 거라 생각한 것이다.

'결국 그를 죽인 것인가.'

지금까지 천마의 행보를 분석한다면 충분히 예측할 수 있는 결과였다.

북호투황을 잃은 것은 그들 조직에 있어서 큰 전력을 잃은 것이나 마찬가지였다.

'상상력이 고루하군.'

실상은 그렇지 않았지만 애써 알릴 필요는 없기에 천마는 모호하게 답을 했고, 판단을 내린 것은 그들이었다.

천마가 이렇게 두 사람을 동시에 부른 이유는 이들이 조직의 핵심적인 존재라는 것을 어젯밤에 알아냈기 때문이다.

구금실로 들어간 천마는 직접 정사의 수뇌부와 무사들을 심문했다.

일반 무사나 각 파에 속하는 고수들은 조직에 관해서 자세한 것은 전혀 모르고 있었다.

하지만 정사의 수뇌부는 달랐다.

그들은 자의로 조직을 따르기에 기본적으로 조직의 목적과 그 핵심 수뇌부에 관한 정보들을 가지고 있었다.

천마가 이를 알아내기까지는 그리 오래 걸리지 않았다.

심문 대상자가 적을 경우라면 이 방법이 그리 먹히지 않겠지만, 수뇌부만 하더라도 서른 명이 넘었기 때문에 효과적으로 써먹을 수 있었다.

천마는 서른 명이 넘는 수뇌부를 한 명씩 따로 구금시킨 후 그들을 찾아가 말했다.

"선택지를 주마. 네가 알고 있는 정보를 넘기면 살려주지."

물론 이 같은 단순한 협박 심문에 대답할 만큼 강단이 약한 자들이 있을 리가 없었다.

이들은 각자가 속해 있던 무림맹과 사파 연맹을 나와서 이 조직에 들어갈 만큼 대담함을 가진 자들이었다. 첫 대상자는 제갈세가의 제갈태의 동생인 제갈금이었다. 눈앞에서 형의 목을 베었으니 그가 정보를 넘길 리가 만무했다.

"내 형님을 죽인 네놈한테 내가 무슨 말을 할성싶으냐?"

천마의 압도적인 무위를 보았기 때문에 상대가 되지 않는 것을 알았다. 그는 헛되게 목숨을 버리는 것은 포기했지만, 그 이상의 굴복이나 추태는 보이고 싶지 않았다.

"그래? 강단은 있군."

그와 동시에 천마가 취한 행동은 간단했다

촤악!

제갈금의 목을 베어버렸다.

보통 심문이라는 것은 시간을 두고 진행되는데 천마는 단한 번 거절한 것만으로 과감하게 목을 베었다.

그리고 그 제갈금의 수급을 들고 다음 대상자를 찾았다.

하북팽가의 호법인 팽무월이었다.

호전적이면서 호방한 팽무월은 천마가 무형의 검기로 펼치는 일 초식에 제압당한 후로 그를 두려워하고 있었다.

구금실로 들어온 천마가 제갈금의 목을 들고 온 것을 확인하곤 당혹감을 감추지 못했다.

"이, 이게 대체 무슨 짓이오? 투항한 적의 목을 베다니?"

그는 피가 뚝뚝 떨어지는 제갈금의 수급을 보며 기겁했다.

천마는 그가 기겁하든 말든 신경 쓰지 않고 앞서 제갈금에게 한 것과 동일한 질문을 던졌다.

"선택지를 주마. 네가 알고 있는 정보를 넘기면 살려주마."

천마의 질문에 제갈금의 죽음의 원인을 짐작한 팽무월이 마른침을 삼켰다.

대답을 하지 않으면 자신도 제갈금과 같은 결과를 맞이할 것이다.

어떤 고문을 하더라도 고통을 이겨낼 자신은 있었지만 이런 식으로 무림의 명숙이라 할 수 있는 수뇌부를 대할 줄은 몰랐다.

'내가 말한다고 이 미친 작자가 날 살려줄까?'

짧은 찰나에 수많은 생각이 스쳐 지나갔지만 그는 목숨만큼이나 자존심이 강한 자였다.

그러기에 천마의 실력을 알면서도 덤빈 것이기도 했다.

'제갈금도 무인으로서 지조를 지켰건만.'

두 눈을 부릅뜨고 죽은 제갈금의 수급 앞에 부끄럽고 싶지 않았다.

"베어라."

단호하게 선택했다.

천마는 말없이 그의 목을 베었다.

그렇게 한 방씩 돌아다니며 연달아 다섯 명의 목을 베었다.

심문실 밖에 있던 현화단의 단주인 매선화가 이건 아니라고 판단해 천마를 만류하려고 했다.

"조사님, 멈추셔야 할 것 같습니다. 이런 식으로 하면 아무것도 알아낼 수 없습니다."

"그건 네 생각이고."

"네?"

"간섭하지 말고 지켜봐라."

매선화의 만류에도 불구하고 천마는 다섯 명의 머리카락을 묶어 피가 떨어지는 그 수급들을 들고서 다른 수뇌부가 있는 구금실로 들어갔다.

다음 수뇌부는 사파의 전대 고수인 북명도 유금구였다.

내공이 봉해져 구금실 복도를 통해 들려오는 소리를 잘 들을 수는 없었지만 뭔가를 베는 소리가 계속 들려오는 것을 심상치 않게 여기고 있던 그다.

달칵!

구금실의 철문이 열리며 천마가 들어왔다.

천마의 손에는 다섯 명의 수급이 대롱대롱 매달려 있었다.

세 명은 정파의 수뇌부인 제갈금, 팽무월, 허운 진인이었고, 두 명의 수급은 사파의 수뇌부인 대사왕 공윤과 파마검 권윤이었다.

"히익!"

아무리 사파의 고수로 명성을 날린 유금구였지만 이 같은 상황에 기겁하지 않을 수 없었다.

천마는 놀라서 얼굴까지 하얗게 질린 유금구에게 앞선 다섯 명에게 한 것과 동일한 선택지를 주었다.

"네가 알고 있는 정보를 넘기면 살려주마. 아니면 죽는다."

그러고는 수급을 들어 보였다.

긴장된 마음을 평소라면 내공을 운기해서 진정시키겠지만, 금제 때문에 그것도 할 수 없어서 심장이 미칠 듯이 뛰었다.

자신도 사파의 고수로 잔인하기로는 둘째가라면 서러웠지만, 눈앞에 서 있는 남자의 잔혹함은 이루 말로 할 수 없을 정도였다.

'이, 이자는 한다면 정말 할 것이다.'

두려운 한편으로 수급들을 보면 누구 하나 정보를 분 것 같진 않았다.

유금구가 떨리는 목소리로 조심스럽게 물었다.

"내, 내가 몇 번째요?"

천마는 내심 원한 말이 나온 것에 기다렸다는 듯이 말했다.

"여덟 번째다."

"여, 여덟 번째?"

그 말에 유금구의 동공이 심하게 흔들렸다.

여덟 번째라면 지금 천마의 손에 들려 있는 수급이 다섯이니 세 명은 목숨을 부지했다는 말이다. 그렇다면 세 명은 정보를 불었다는 의미였다.

'저, 정말인가? 그들이 정보를 알려주고 살아남은 건가?'

그것은 유금구의 마음을 흔들리게 만들었다.

극한의 공포와 두려움에 빠진 사람은 이성을 잃게 되고 판단 능력이 흩어지게 마련이다.

흔들리는 유금구에게 천마가 결정적인 쐐기를 박았다.

"해남도에 네 녀석들의 근거지가 있다지?"

"헙!"

해남도가 거론되자 유금구가 놀라서 두 눈이 커졌다.

그들의 숨겨진 근거지인 해남도까지 알아냈다면 정말 누군
가가 정보를 불었음이 틀림없었다.

사실은 천마가 직접 해남도를 다녀왔지만 그 사실을 알 리
가 없었다.

놀라는 유금구에게 천마는 천천히 그곳에 있던 주요 수뇌
들의 이름을 나열했다.

"북호투황, 문율, 석금명."

물론 북호투황은 천마에게 패배한 후 사라졌고, 전 검하칠
위인 문율은 동검귀 성진경의 검에 죽었으며, 석금명은 마교
로 압송되어 왔다.

이 같은 사실마저 알게 된다면 경악하겠지만 목적은 다른
데 있었다.

유금구는 마지막에 나열한 이름들에 확신했다.

'화, 확실하다. 어떤 녀석인지 모르겠지만 정보를 다 불었
어.'

이미 어지간한 정보를 가지고 있다는 말은 확인 절차를 거
치고 있다는 말이었다.

그렇다면 애써 의리와 지조를 지켜가며 목숨을 잃을 가치
가 없었다.

결국 유금구는 앞선 다섯 명과 다른 선택을 하고 말았다.

"내, 내가 알고 있는 정보들을 말해준다면 살려주는 것이

틀림없소?"

"그래."

천마의 입꼬리가 올라갔다.

드디어 수뇌부 중에 첫 번째로 굴복하는 자가 나타났다.

이렇게 천마는 유금구를 통해 그가 알고 있는 정보를 얻게 되었고, 같은 방식으로 수뇌부의 구금실을 방문하면서 도합 열 명의 수급을 끝으로 모두의 굴복을 얻어냈다.

"전부 정리해 놔라."

"넵, 알겠습니다!"

이 같은 파격적인 방법으로 몇 시진 만에 모든 정보를 알아낸 천마를 보며 현화단주인 매선화는 감탄을 넘어서 존경을 금치 못했다.

이렇게 천마는 이 조직이 최종적으로 혈교를 노리고, 이를 위해서 중원 곳곳에 자신들의 세력을 심었다는 사실을 알아내게 된 것이다.

하지만 이들마저도 유일하게 그 조직의 수장인 괴인 검마에 대한 것은 아무것도 모르고 있었다. 단지 만박자 무명이나 석금명 정도만이 알고 있다고 언급했다.

"입이 참 가벼운 녀석들이야. 안 그래?"

"…정말 놀랍구려, 천마 공."

만박자 무명은 천마가 늘어놓는 정보에 진심으로 감탄했다.

자신들의 조직이 그동안 무림의 배후에 숨겨온 모든 것을 전부 알아냈다.

'어째서 다시 부활해서도 이자와 만났단 말인가? 하아!'

하늘이 원망스러웠다.

그는 평생 동안 무림을 활보하면서 세상에서 가장 박식하다는 자신의 별호에 큰 자부심을 가지고 있었고, 만약 같은 세대에서 활동했다면 천마나 혈뇌와 자웅을 겨룰 수 있을 거라고 생각했다.

"무공은 모르겠지만 그대와 혈뇌에게 적어도 머리로 밀리진 않을 거라 생각했네만……"

허탈한 듯이 말하는 무명에게 천마가 비웃음을 흘리며 답했다.

"내가 은퇴한 후 제법 똑똑한 녀석이라고 들었는데 아니었군."

분하지만 인정해야 했다.

천마는 자신의 머리 꼭대기에 올라앉아 자신을 내려다보고 있었다.

그가 무림에 다시 나타난 이후부터 모든 것이 흐트러지고 말았다.

"큰 그림을 그려서 그곳에 점정을 찍으려 했소."

그러나 화룡의 눈인 점정을 찍기도 전에 모든 것이 무산되었다.

이제는 조직을 구성하던 대다수의 전력이 혈뇌의 계략으로 붕괴되고, 남은 전력마저도 천마에 인해 전부 마교에 구금되고 말았다.

이제 동등한 입장에서 협상과 동맹을 제의한다는 것은 완전히 물 건너간 일이었다.

그런 무명에게 천마가 물었다.

"네 녀석들에게 남은 전력은 정보망 이외에는 없다고 하더군. 정파와 사파를 규합한 떨거지들 정도로 혈교를 상대할 작정이었나?"

"그것은……."

무명의 말이 끝나기도 전에 천마가 의미심장한 눈빛으로 물었다.

"아니면 그 괴인 검마라는 자에 대한 절대적인 믿음인가?"

'북호투황이 얘기해 준 것일까?'

석금명 또한 천마의 입에서 괴인 검마가 거론되자 눈빛이 흔들렸다.

그들 조직에 있어서 가장 핵심적인 존재가 바로 괴인 검마였다. 다른 정보들이 알려져도 그의 존재만큼은 모든 조직원이 거의 알지 못할 만큼 비밀에 부쳐져 있었다.

"검마란 놈이 누구지?"

천마의 단도직입적인 질문에 무명과 석금명이 입을 꾹 닫았다.

다른 부분에 관해서도 말해줄 생각 따위 없었지만 이것만큼은 철칙과도 같았다.

천마의 눈이 이채를 띠었다.

지금 천마는 원영신을 개방한 채 그들의 감정 변화를 살피고 있었다.

그런데 괴인 검마를 거론했을 때 잠깐 당혹스러워한 것을 제외하고는 변화나 흔들림이 없었다.

'그만큼 절대적인 존재란 건가.'

웬만큼 믿음이 없지 않고는 이런 반응을 보이기 쉽지 않았다.

앞선 수뇌부와 달리 만박자 무명과 석금명은 무림에서 격이 다른 인물이었다.

이들은 무림을 배후에서 뒤흔들어 놓은 조직의 핵심적인 존재들이었기에 삶과 죽음 앞에서 큰 두려움을 보이지 않았다.

'그냥 죽이는 편이 좋을까?'

천마의 머릿속에 수많은 고민이 스쳐 지나갔다.

어차피 이 조직은 대다수의 전력이 괴멸 상태였고, 핵심 수뇌부도 전부 잡았다.

그 우두머리만 행방이 묘연한데, 이들을 어떤 식으로 심문한다고 해도 알려줄 것 같진 않았다.

결국 천마는 이들을 죽이기로 마음먹었다.

그만큼 천마는 효용성이 없는 해악적인 존재들에 대해선 살려둘 가치를 느끼지 못했다.

그렇게 천마가 마지막 질문을 던졌다.

"좋아, 네 녀석들의 입에서 그렇게 쉽게 뭔가가 나오진 않겠지. 그럼 마지막으로 묻겠다. 왜 이곳으로 온 거지?"

천마의 질문에 만박자 무명이 여전히 허탈한 목소리로 답했다.

"그대와 협상 내지 동맹을 신청하기 위해서였소."

"동맹? 네놈들과?"

"그렇소."

"배후에서 수작질을 해온 네 녀석들과 동맹을 하리라고 생각했나?"

이 점에 관해서는 만박자 무명을 비롯해 조직원들조차도 상정하지 못한 것이 있었다.

그것은 천마가 자신들이 예상한 것 이상으로 조직에 관한 정보를 많이 파악하고 있다는 점과, 동맹이 성사되기도 전에 근거지인 해남도를 먼저 급습했다는 점이다.

'군사로서의 패착이다.'

아직까지 배후에서 무림을 움직이던 정보가 드러나지 않았다면 마교로서도 나쁘지 않은 제안이었다.

천마의 성정에서 유일하게 짐작할 수 있는 것이 있었다.

그는 모든 사람이 하지 않을 거라 생각한 것들을 아무 거리낌 없이 했다.

마음이 향하는 대로만 행동했다.

그 자유로움이 그를 예측하지 못하게 만들었고, 그동안 세워온 모든 계획을 무산시키게 만들었다.

'자유로움… 자유로움. 아아, 그렇군. 그런 것이었나.'

우연으로 인한 생각이 만박자 무명에게 깨달음을 가져왔다.

기문에 내공을 금제당한 것이 아니었다면 한층 높은 경지로 끌어낼 만한 깨달음의 초입이었다.

원영신을 개방하고 있는 천마의 눈이 이채를 띠었다.

'이런 순간에 깨달음을 얻나?'

전신의 기의 순환이 자연스러웠다면 그 깨달음을 육신에 체화시켰겠지만 운이 없었다.

주변에서 대자연의 기운이 들썩이다 이내 가라앉았다.

"아쉽겠어."

"후후후, 그렇구려."

천마의 말에 만박자 무명이 안타깝다는 듯이 말했다.

이 같은 상황을 모르는 석금명이 의아하단 표정을 지었다.

비록 육신으로 깨달음을 체화하지는 못했지만 깨달음을 통해서 찰나의 순간에 수많은 생각이 스치고 지나간 무명이다.

잠시 고개를 숙이고 있던 무명은 두 눈이 없음에도 천마를 바라보며 말했다.

"…좋소, 천마 공. 그대가 원하는 바를 이야기하시오. 어차피 노부와 조직에게 선택권이 없다는 것은 인지했소."

"군사!"

석금명의 놀라서 자리에서 벌떡 일어나 그를 다그쳤다.

괴인 검마가 조직의 우두머리인 건 상징적인 존재와 같았고, 실질적인 수장은 만박자 무명이었다.

다른 사람도 아니고 오랜 시간 조직을 이끌어온 자가 머리를 숙인 것이나 마찬가지였다.

"지금 스승님을 배신……."

"잠깐!"

만박자 무명이 손을 들어 격앙된 석금명을 자제시켰다.

그것은 자신의 판단을 믿어달라는 표시였다.

잠시 날카로운 눈빛으로 무명을 노려보던 석금명이 다시 자리에 앉았다.

그런데 여기서 석금명이 실수한 것을 천마가 놓칠 리가 없었다.

"호오, 스승님? 네 녀석의 스승이라면 검황 녀석이 아니더냐?"

천마의 그 말에 석금명의 얼굴에 당혹감이 서렸다.

석금명의 감정을 나타나는 주위 기운의 색이 요동치며 변화하자, 천마는 옳다구나 싶어서 계속 그를 추궁했다.

"괴인 검마가 네놈의 스승이냐?"

당혹스러워하면서도 석금명은 입을 꾹 닫았다.

천마가 그런 석금명을 바라보며 미소를 짓더니 이내 그의 정수리에 손을 갖다 대었다.

탁!

갑작스러운 행동에 두 동공이 흔들렸지만 석금명은 여전히 입을 열지 않았다.

그 소리에 만박자 무명이 다급하게 말했다.

"천마 공, 이야기를 한다고 하지 않았소."

"그건 그거고 이건 이거지."

천마가 정수리에 갖다 대고 있는 손바닥에 마기를 끌어 모아 그의 머리를 손바닥으로 가볍게 내려쳤다.

팡!

"허억!"

그 순간 객실 내부에 작은 파동이 일어나며 석금명의 입에서 신음성과 함께 전신에서 흑색 기운이 물씬 피어올랐다.

그것은 다름 아닌 마기(魔氣)였다.

천마가 천천히 정수리에서 손을 떼고는 부드럽게 장법을 펼치듯이 휘젓자 석금명의 몸에서 나온 흑색 기운이 모여들었다.

"탁하군."

마기를 바라보는 천마의 평이다.

석금명의 몸에서 나온 마기는 순도가 높지 않고 탁한 기운을 가졌다.

그 탁함 속에는 여러 가지 기운이 섞여 있었는데, 천마는 그 기운을 정확하게 구분할 수 있었다.

"선기, 혈마기가 섞여 있군."

놀랍게도 탁한 마기 안에는 선기(仙氣)와 혈마기(血魔氣)가 섞여 있었다.

원래는 같이 익힐 수도 없고 그렇게 하다가는 이도저도 될 수 없는 삼종(三種)의 기운이 마기를 중심으로 나머지 기운을 배합한 삼기과원(三氣緣援)을 이루었다.

"네놈 수준에서 이룰 수 있는 경지가 아니다. 누군가 이끌어주지 않는다면 불가능한 일이지."

대연경의 경지에 오르게 되면 만물의 기운과 호응하고 나 자신이 만물에 녹아들 수 있다.

그 깨달음을 정리한다면 삼종의 기를 배합하는 것이 가능할 것이다.

천마 역시 우화등선하여 선기를 품을 수 있던 것도 이런 이

치를 깨달았기 때문이지만 두 기운을 섞는 우는 범하지 않았다.

'이자는 정말 괴물인가?'

천마의 말에 석금명은 경악을 금치 못했다.

내공이 폐해진 석금명의 몸 안에서 빼낸 세 기운은 내공처럼 폐하거나 건드릴 수 있는 성질의 것이 아니었다.

그런 그에게서 숨겨져 있는 마기를 추출하더니 그 기운의 근원까지 알아내었다.

"삼종 기운을 합일시킨다……. 크큭, 계속 입을 닫는 것은 네놈의 자유지만 네놈의 스승은 네 녀석을 그저 버리는 패로 사용하고 있는데, 알고 있나?"

천마의 뜻을 알 수 없는 말에 석금명의 눈매가 날카로워졌다.

정보 누설을 막기 위해 입을 꾹 닫고 있었지만 진정으로 모시는 스승과의 관계를 부정하는 말을 하니 반응하지 않을 수가 없었다.

"그렇게 말한다고 내가 흔들릴 것 같나?"

"네놈의 마기가 현저히 낮은 걸 보면 분명 몸에 무리가 간다는 것은 눈치챘을 텐데?"

'그걸 어떻게?'

천마의 말에 흔들리지 않을 거라 다짐한 석금명의 눈동자가 흔들렸다.

그의 말대로 석금명은 화경의 경지에 올랐음에도 불구하고 더 이상 마기를 키워나가지 않았다.

마기와 선기, 혈마기를 키울수록 무공을 쓸 때마다 가슴에 강한 통증을 느꼈기 때문이다. 스승인 검마에게 물어보았지만 삼종기를 묶게 되면 다른 한 종의 기운을 쓸 때보다 기운이 폭증하면서 일어나는 현상이라고 일축했다.

하지만 갈수록 강해지는 통증을 버티지 못한 석금명은 화경의 경지에 오르고 나서는 삼종기를 키우는 것을 멈췄다.

"성질이 다른 이종의 기를 마기로 묶은 것은 틀린 판단은 아니지만 그 안에서 혈마기와 선기가 곪아가고 있다. 서로 완전히 배척하는 기운을 묶어뒀으니 당연한 일이다. 이런 결과가 뻔한 짓거리를 한다는 것 자체가 네놈을 버리는 패로 사용한다는 말이지."

"그럴 리가 없다. 스승님이 나를 속였을 리가 없다."

갈수록 혼란스러워지는 석금명이 드디어 흔들리기 시작했다.

이에 천마가 쐐기를 박듯이 일침을 가했다.

"어리석긴. 네놈이 계속해서 삼종기를 키워나갔다면 내공도 폐해졌기에 필시 가까운 시일 내로 네 목숨을 갉아먹었을 것이다."

이것은 거짓말이 아니었다.

삼종기는 성질 자체가 완전히 다르기 때문에 배합하지 않고 한 기운을 중심으로 묶는다고 할지라도 한 사람의 몸속에서 키워 나가기에는 무리한 도전이었다.

'석 단주가 흔들리고 있구나.'

만박자 무명이 혀를 찼다.

아무 대답도 하지 않았지만 충분히 예측할 수 있었다.

그 예측대로 석금명은 큰 충격이라도 받았는지 눈빛이 흔들리고 있었다.

"흥."

천마의 손에서 검은 운무의 형태를 띤 순도 높은 마기가 유형화되더니 석금명의 몸에서 빠져나온 삼종기를 감쌌다.

파스스스!

천마가 주먹을 쥐는 시늉을 하자 뭔가가 부서지는 소리가 터져 나왔다.

하지만 검은 운무에 감싸여 소리만 들릴 뿐이다.

석금명이 이것을 놀란 눈으로 바라보자 천마가 입꼬리를 올리며 말했다.

"네놈의 삼종기를 부쉈다."

"내 기운을?"

"한 번 쌓은 선마혈의 기운은 이와 같은 기운을 지닌 자가 흡수하여 빼내주든가, 혹은 더 높은 기를 가진 자가 그것을 없애주는 방법뿐이지."

그것은 석금명 역시도 알고 있었다.

하지만 이 무공의 비밀은 오직 스승인 괴인 검마만이 알고 있었고, 그가 없애줄 리가 없기에 방법이라고는 더 이상 삼종 기를 키워나가지 않는 것밖에 없었다.

"…어째서 삼종기를 부순 것이냐?"

계속 삼종기를 체내에 지니고 있었다면 내공조차 없는 석 금명의 목숨을 갉아먹었을 것이다.

굳이 자신을 살려줄 이유가 없는데 이렇게까지 하는 이유 가 궁금한 석금명이다.

"얼토당토않게 선기와 혈마기를 묶은 것이 보고 싶지 않았 을 뿐이다."

천마의 그 말에 석금명은 이해할 수 없다는 표정을 지었다.

목숨을 구해줬다고 해도, 그리고 설사 스승인 검마가 자신 을 이용하는 패로 생각했다고 해도 자신은 입을 열 생각 따 윈 전혀 없었다.

그때 말없이 이를 듣고만 있던 무명이 입을 열었다.

"…천마 공, 그대를 상대로 협상이라는 것이 통하지 않는다 는 건 충분히 알고 있소. 하나 만약 노부의 제안을 들어주겠 다고 한다면 그대가 알고 싶어 하는 모든 것을 알려주겠소."

"제안?"

"어차피 이 제안은 그대가 전혀 손해 볼 것이 없소. 어쩌면 그대 역시도 노부가 아니더라도 그곳을 향할 테니 말이오."

그곳이라는 말에 천마의 눈에 이채가 띠었다.

만박자 무명이 어디를 말하는지 알아챘기 때문이다.

"신강을 말하는 것이냐?"

"그렇소. 그대 역시도 혈교에 대한 원망이 그분 못지않게 강한 것으로 알고 있소. 왜냐하면 그대의 부인……."

콱!

미처 말이 끝나기도 전에 천마의 손이 무명의 목을 움켜쥐었다.

손에 들어간 힘이 어찌나 강했는지 내공이 봉해진 무명이 호흡이 막혀서 캑캑거렸다.

천마가 살기가 가득한 목소리로 위압적으로 소리쳤다.

"네놈이 그걸 어떻게 아는 것이냐?"

"이게 무슨 짓이오!"

호흡이 막힌 만박자 무명이 캑캑거리며 고통스러워하자, 석금명이 화들짝 놀라며 천마를 만류하려고 했다.

하지만 무공을 잃은 그가 어찌할 수 있는 것은 없었다.

두 눈이 없는 무명이었지만 오감을 자극하는 강렬한 살기에 온몸이 떨렸다.

"네놈이 그걸 어떻게 아느냐고 물었다!"

"캑캑! 그, 그대가 혈교의 혈겁 때 아내를 잃었다는 사실을 모르는… 이가 있소이까? 큭!"

호흡이 막혔지만 무명은 있는 힘을 다해 대답했다.

그러자 당장에라도 그 목을 부러뜨릴 기세이던 천마의 손아귀에 서서히 힘이 풀렸다.

"쿨럭쿨럭!"

잡힌 목이 풀리자 무명이 미친 듯이 기침을 했다.

얼마나 고통스러웠는지 상처로 가득한 얼굴 전체가 붉게 달아올랐다.

고통스러워하던 무명이 어느 정도 진정되자 천마가 짜증스러운 목소리로 물었다.

"제안이 무엇이냐?"

"…귀 교와 우리 조직이 공동 전선을 펼쳐서 신강에 있는 혈교의 근거지를 급습하는 것이오."

그것은 무명이 가진 조직의 최종 목표였으며 종착점이었다.

하지만 지금까지 무림의 배후에 숨어서 삼대 세력이 서로 부딪치게 만들고 전쟁을 조장해 온 것이 모두 밝혀졌기 때문에 이 제안은 도박이나 마찬가지였다.

"굳이 무림맹도 있는데 왜 본 교에 제안하는 것이냐?"

무림맹을 거론하자 무명이 말이 없어졌다.

평소의 그라면 정보를 숨기고 다른 거짓이라도 말했겠지만, 앞에 있는 상대는 자신의 머리 위에 있는 존재였다.

어설프게 거짓말을 했다간 오히려 들킬 확률이 높았다.

무명의 그런 태도에 천마는 그의 속내를 알아챘다.

"무림맹도 끌어들일 작정이었구나?"

"…그렇소."

"무슨 수로 무림맹을 끌어들이려고 한 거지?"

현재 무림맹의 수장인 검황은 타인에 대한 불신이 커져서 타 세력과의 연계가 불가능한 상태였다.

심지어 혈교와의 전쟁이 끝난 지 얼마 되지도 않아 마교와의 동맹을 아무런 명분도 없이 일방적으로 파기할 만큼 그 행보가 갈수록 고립적으로 변해가고 있었다.

"미끼를 풀려고 했소."

이에 관해 대답한 것은 석금명이었다.

천마가 의아하단 표정으로 그를 쳐다보았다.

"검황이 증오해 마지않는 자가 사파 연맹을 이끌고 신강에 있다는 정보를 풀 생각이었소."

"훗, 네놈을 뜻하는 것이냐?"

"…그렇소."

검황의 배신한 두 번째 제자 석금명은 현재 무림맹과 정파에 있어서 척결의 대상이었다. 무림 일통을 이룩할 정도로 성장한 무림맹이 급격하게 쇠퇴하게 된 원인 중 하나를 바로 배신한 제자 석금명에게서 비롯되었다고 생각하는 검황에게는 분명 좋은 미끼임이 틀림없었다.

하지만 천마는 정황을 단순한 시각으로 바라보는 사람이 아니었다.

"네놈들은 무림맹을 비롯해 본 교를 어지간히 멍청이로 생각하는구나."

"그게 무슨 소리요?"

"전력이 크게 분산되어서인가, 아니면 혈교에 대한 실마리를 찾았다는 조급함 때문이냐?"

천마의 일침에 석금명과 무명은 말문이 막히고 말았다.

두 사람은 천 년 전과 당대 정파무림의 군사로서 명성을 떨친 자들이다.

전략과 병법에 관해서는 타의 추종을 불허한다고 할 수 있었지만, 천마가 보기에는 갈수록 앞뒤를 살피지 않고 극단적인 전략만 취하는 듯했다.

"같은 전략이 또 통할 것이라 생각하는 것이냐?"

천마의 의미심장한 말에 무명이 허탈하게 한숨을 내쉬며 말했다.

"정말 그대에게는 노부 같은 범부는 상대가 되지 않는다는 것을 인정해야겠소."

무명은 진심으로 천마를 한 수 위로 인정할 수밖에 없었다.

천마의 말대로 그들은 이번에 취하는 방법 역시도 마교와 무림맹, 그리고 남은 사파 연맹의 잔당을 미끼로 혈교를 끌어 내려 했다.

"혈교에 똑같은 방법이 통하리라 생각하나? 그놈이 버티고 있는 곳에 말이야."

혈교에는 혈뇌라는 악마의 뇌라 불리는 자가 있었다.

그는 천마조차 곤경에 처하게 할 만큼 전략의 귀재였다.

그런 자가 이번 전쟁의 함정에 속아 전력의 육 할 이상을 잃었는데 같은 수법에 걸려들길 바란다는 것은 오만한 전략이 었다.

무명이 한숨을 내쉬면서 말했다.

"후우, 그대의 말이 맞소. 하지만 인간이라는 존재는 알면서 도 가끔 불나방같이 굴 때가 있소."

무명의 전략은 각 세력 간의 은원 관계와 인과를 고려하여 만들어냈다.

무림을 향한 극단적인 분노를 내뱉는 혈교.

혈교를 향한 분노를 잊지 않고 있는 마교.

어떻게든 명맥을 이어나가려고 하는 사파 연맹.

배신한 제자에 대한 분노와 자신의 패권이 흔들릴까 두려 워하는 검황의 무림맹.

그들을 어떻게든 한 자리에 묶어두어 전략과 상관없이 상충하게 만드는 것이 무명과 석금명이 세운 계획의 핵심이었다.

'이놈들, 설마⋯⋯?'

무명의 말에 천마의 눈매가 날카로워졌다.

처음에는 그들의 목적이 타 문파를 희생시키더라도 혈교를 없애는 것이라고만 생각했다.

하지만 그게 아니었다.

"네놈들, 진짜 목적은 혈교가 아니었군. 아니, 오히려 혈교와 같구나."

천마의 말에 석금명의 두 동공이 급격하게 떨려왔다.

"단순히 혈교에 대한 미끼라고 생각했더니 그게 아니군. 혈교 놈들이 제 녀석들을 제외하고 모든 무림을 절멸시키려 한다면 네놈들은 그 혈교를 비롯해 모든 무림인을 절멸시키는 게 목적이었군."

삼대 세력을 미끼로 삼는 것이 한 번이었다면 승리를 위한 전략적인 희생이라 할 수 있지만 계속해서 같은 전략을 취한다면 조급함으로 인한 우책이 아니었다.

이들은 자신들의 목표를 달성하기 위해 혈교에게 독이 들었음에도 불구하고 손을 댈 수밖에 없는 먹이를 제공한 것이다.

"아니오. 그대의 추측은 궤변이오. 조직에 속해 있는 수뇌부를 심문했으니 우리의 목적을 잘 알지 않소?"

무명이 당혹감이 서린 목소리로 천마의 말을 부정했다.

그의 말대로 정사를 섞어놓은 수뇌부는 이구동성으로 혈교를 처단하기 위해 성향이 다른 두 세력이 힘을 합쳤다고 밝혔다.

천마가 고개를 저으며 말했다.

"그게 아니겠지. 그들은 네놈들의 진짜 목적을 모르고 있던 것이지."

조직의 수장이라 할 수 있는 괴인 검마조차도 만나지 못한 자들이다.

그런 그들이 누설하는 모든 정보가 확실한 것이라고는 생각하지 않는 천마였다.

'이자는 정녕 괴물이란 말인가.'

이 순간 무명과 석금명은 같은 생각을 할 수밖에 없었다.

큰 정보를 누설하지 않았는데도 고작 몇 마디의 대화만으로 무서울 정도로 진실에 다가가고 있었다.

"무림의 진정한 멸절. 그래야 네놈들의 모든 행보가 설명이 된다. 안 그러나?"

"그, 그건……."

아무 대답을 하지 못하는 두 사람을 향해 천마가 왼손을 들어 올리는 시늉을 했다.

그러자 의자에 앉아 있던 무명과 석금명의 몸이 강한 내공에 의해 허공으로 떠올랐다.

"처, 천마 공?"

"크윽!"

천마가 검지로 당혹스러워하는 그들을 겨누었다.

검지의 끝에서 풍겨지는 날카로운 예기가 실내를 감쌌다.

"그런데 말이야, 나는 네놈들의 생각대로 움직여 주는 멍청한 작자가 아니거든."

살기가 가득한 천마의 목소리에 그들은 더 이상 어찌할 방법이 없다는 것을 깨달았다.

이대로 죽게 된다면 마지막 계획마저 수포로 돌아가게 된다.

모든 것을 체념했는지 두 눈을 감는 석금명과 다르게 무명이 다급한 목소리로 천마에게 외쳤다.

"괴인 검마에 대해 알려주겠소!"

"이젠 그만 놈에게 관심 따위 없다."

"괴인 검마! 괴인 검마는… 크으!"

"관심 없다고 했지."

천마의 검지가 움직이자 날카로운 예기가 일어나며 그들의 목에 선이 생겨나려 했다.

그 순간 무명이 힘이 빠진 목소리로 말했다.

"괴인 검마는… 그대의 아들이오."

"…뭐?"

무명의 마지막 발언에 천마의 동공이 크게 떨렸다.

선계로 진입하는 것에 실패했을 때를 제외하곤 감정적으로 한 번도 흔들림을 보인 적이 없는 천마이다.

"…지금 무슨 개소리를 지껄이는 것이냐?"

고오오오오!

아내를 거론했을 때와는 비교도 되지 않는 살기가 천마의 몸에서 뿜어져 나왔다.

"지, 지독한 살기?"

"무슨 일이지?"

그 살기가 어찌나 강했는지 객실 밖에 있는 교인들조차도 놀라서 무슨 일이 벌어진 것인지 의아해할 정도였다.

'스승님께서 천마의 아들이라고?'

석금명 역시도 이 같은 사실에 놀라움을 금치 못했다.

조직에서 유일하게 무명만이 검마의 과거를 알고 있었기에 그 역시도 처음 듣는 이야기였다.

"그, 그대의 아들이라고 했소."

"…허튼수작 부리지 마라!"

괴인 검마가 아들이라는 말은 천마에게 있어서 믿기 힘든 사실이었다.

끝까지 그의 정체를 밝히려고 하지 않았으나, 모든 것이 수

포로 돌아가기를 원하지 않은 무명은 결국 검마의 정체를 털어놓아야만 했다.

"검마의 본명은 천영과(天英過). 그대의 첫째 아들이오."

우당탕!

무명의 말이 끝남과 동시에 허공에 들려 있던 그들의 몸이 바닥으로 떨어졌다.

그들이 떨어지거나 말거나 천마는 말로 형용할 수 없는 감정에 휩싸여 있었다.

모든 세상사에 있어서 뜻이 가는 대로 행하는 그조차도 무명이 밝힌 충격적인 진실에는 당혹스러울 수밖에 없었다.

'영과…….'

그는 분명 자신의 아들이 틀림없었다.

하지만 마교의 모든 역사가 담겨 있는 사기에도 기록되지 않은 비운의 존재였다.

첫째 아들임에도 불구하고 차기 교주가 되지 못한 그는 천마의 굴곡진 긴 인생에 있어서 유일하게 남긴 번뇌와도 같았다.

'어떻게 이런 일이 일어난단 말인가.'

천마는 모든 것이 혼란스럽게 느껴졌다.

어이없게 현세에 부활한 이후로 일어난 모든 일이 과거를 연상시킬 만큼 연쇄적으로 맞물리고 있었다.

단지 그때와 다른 점이 있다면 혈교를 비롯해 무림을 멸절시키려는 존재가 자신의 번뇌와도 같은 비운의 아들이라는 점이었다.

"천마 공?"

혼란스러워하는 천마를 향해 무명이 조심스럽게 말을 걸었다.

당연히 이런 반응을 보일 줄 예측하고 있던 그다.

무명의 부름에도 말없이 고뇌하던 얼굴로 있던 천마가 드디어 입을 열었다.

"누구냐?"

"그게 무슨 소리요?"

"누가 녀석을 부활시켰단 말이냐?!"

천마는 진심으로 천영과를 부활시킨 것에 분노했다.

분노하는 천마를 향해 무명이 안타까움이 담긴 목소리로 말했다.

"이 땅에 죽은 망자를 희롱하고 그들을 부활시킬 수 있는 사이한 술법을 가진 자가 누가 있겠소?"

으득!

천마가 강하게 이를 갈면서 누군가를 거론했다.

"혈… 마!!"

다른 사람도 아니고 자신의 아들을 부활시킨 것에 천마는 분노를 금치 못했다.

그들은 절대로 부활시켜서는 안 될 자를 살려내고 말았다.

분노의 여운이 가시지 않는지 격앙된 목소리로 천마가 물었다.

"영과는 어디에 있는 것이냐?"

반드시 그를 찾아야만 했다.

그런 천마의 격앙된 질문에 잠시 망설이던 무명이 힘겹게 입을 열었다.

"검마 공은⋯ 혈교의 퇴각을 쫓는 도중에 사라졌소."

85장

검마

분노에 차 있던 천마의 심문이 끝난 그날 밤.

  호롱불이 일렁이는 객실 안에 두 명의 남자가 탁자 앞에 앉아 서로를 마주 보고 있었다.

  그들은 바로 만박자 무명과 검문의 배신자인 석금명이었다.

  천마의 분노로 인해 목숨이 경각에 달했던 그들은 결국 죽지 않고 살아남을 수 있었다.

  그것은 만박자 무명으로 인해서였다.

  괴인 검마의 정체를 밝힌 후로 큰 충격에 휩싸인 천마는 그들을 죽이는 것을 보류하기로 결정했다.

그리고 만박자 무명이 제안한 동맹에 대해서 고려해 본다는 말과 함께 가버렸다.

'응?'

그런데 다시 격리될 거라는 예상과 다르게 만박자 무명과 석금명은 손과 발을 쇠고랑으로 봉해져 같은 객실에 구금되게 되었다.

의심스러운 조치에 한동안 그들은 아무 말도 하지 않았다.

그렇게 한참 동안 말이 없던 석금명은 문밖의 기척이 없어진 늦은 밤이 되어서야 입을 열었다.

"이런 식으로 살아남은 것이 좋아해야 할 일입니까?"

조직의 숙원을 달성하지 못한 채 죽음을 맺는 것은 억울했지만, 그 당시에는 겸허히 죽음을 받아들인 석금명이다.

그러나 만박자 무명이 조직의 수장인 검마의 정체를 밝히면서 살아남을 수 있게 되었다.

비밀을 노출시키면서 목숨을 부지한 셈이다.

"…자네의 실망은 이해하네."

만박자 무명이 미안해하는 목소리로 말했다.

원래의 계획과는 완전히 틀어져 버린 것에 대한 미안함이었다.

"어떤 식으로든 이번이 결착일 수도 있네. 어차피 모든 전말은 드러나게 마련이니까 말일세."

"전말?"

"…이 싸움의 근본적인 원인은 그들에게서 비롯되었으니 말일세."

만박자 무명은 과거를 회상하듯이 고개를 들며 말했다.

"벌써 어언 육십 몇 년이 지났군."

언제인지도 정확하게 기억나지 않는다.

천 년 전에 자신의 시대를 살아온 만박자 무명은 여느 무림인과 다르게 명대로 살아가다 평안한 죽음을 맞이했다.

사후에 어떤 세계가 있었는지 기억하지 못했다.

하지만 생에 후회가 될 만한 어떠한 것도 남기지 않았다.

"좋은 생을 살았지. 다시 세상에 눈을 떴을 때를 제외한다면 말이야."

스승인 검마 못지않게 다시 살아난 것을 저주로 여기는 무명이었다.

'그것 때문에 자신의 눈도 팠다고 들었다. 어째서일까?'

하지만 한 번도 그 이유에 대해서 들어본 적이 없었다.

"나 스스로가 이 세상에 다시 부활했음을 인지했을 때는 이미 부활한 지 한참이 지나서였네."

"네?"

무명의 알 수 없는 말에 석금명이 반문했다.

한 번도 과거를 밝히지 않던 무명이 회상하듯 과거를 이야기하기 시작했다.

만박자 무명이 처음으로 자신이 부활했다는 사실을 깨닫게 된 것은 귀주성의 절곡에서 비롯되었다.

"삼대금지인 절곡을 알고 있나?"

무림인이라면 누가 그곳을 모르겠는가.

무림의 삼대금지 절곡.

그곳은 원래 추풍곡이라 불렸다.

가을에 오면 계곡을 두른 산봉우리들이 붉고 노랗게 물들기에 붙여진 이름이었다.

육십여 년 전 중추절(仲秋節) 무렵이었다.

마른하늘이 붉게 물들며 천둥 번개가 몰아치는 기이한 현상이 일어났다.

그날 이후 추풍곡에 있던 모든 사람이 영문을 알 수 없는 떼죽음을 당했다.

'들은 적이 있다.'

이것은 석금명 역시도 들었다.

삼대금지의 설화 중에서도 가장 흉흉하고 귀기(鬼氣)가 서린 이야기였기에 설유라를 보호하기 위해 퇴왕 염사곤을 파견했다.

절곡에서 살아 돌아온 설유라가 그곳이 혈교의 강시들을 만드는 지역임을 알리지 않았더라면 끝까지 진실을 몰랐을지도 모른다.

'그렇다면 군사는 절곡에 대해서 알고 있었다는 것인가?'

모든 면에서 뛰어난 무명이었지만 유독 절곡에 관해서는 거론한 적이 없었다.

그가 그곳이 혈교의 은신처임을 알았더라면 분명 조직의 사람들을 파견할 만도 한데 말이다.

"하늘이 붉게 물든 그날… 노부가 그 중심에 있었지."

하늘의 기운이 역행하면서 천지가 개벽하는 현상이 일어나자 만박자 무명의 불투명하던 동공에 초점이 돌아왔다.

정신을 차렸을 때 그는 마치 지금까지 꿈을 꾸다 깨어난 것만 같은 느낌을 받았다.

멍한 눈빛으로 주위를 둘러보는 순간 만박자 무명은 경악하고 말았다.

"살면서 그렇게 수많은 시체는 난생처음 보았지."

계곡 전체에 수많은 시신이 널브러져 있었다.

그들은 하나같이 심장을 부여잡고 고통스러운 얼굴로 죽음을 맞이했다.

수많은 죽음으로 경악스럽다 못해 당혹스러워하는 만박자

무명에게 파란 혁대에 검은 복면을 쓴 자들이 나타나 기쁜 목소리로 말했다.

─대주, 성공입니다!

─혈뇌 님의 술법과 대주의 진법이 통했습니다!

그들의 알 수 없는 말에 당황한 무명은 주위의 바닥을 둘러보았다.

수많은 돌이 순차적으로 팔괘와 오행의 법칙에 따라 이어지는 거대한 진법이 상상도 할 수 없는 규모로 펼쳐져 있었다.

그것은 놀랍게도 이 계곡 전체를 아우를 정도였다.

그런데 가장 큰 문제는 이 거대한 진법은 모든 법칙을 역행하고 있었고, 진법의 팔문(八門)이 전부 사문(死門)으로 중첩되어 있었다.

이런 진법 안에서라면 누구라도 죽음을 맞이할 수밖에 없는, 최악이자 있어서는 안 될 진법이었다.

─그분께서 공을 치하하실 겁니다!

'그분? 공을 치하해?'

도통 알아들을 수 없는 이야기를 늘어놓았다.

─대주, 괜찮으십니까?

식은땀을 흘리며 알 수 없는 눈빛을 보이는 만박자 무명의 태도에 의아하게 여긴 복면인들이 걱정스러운 듯이 물었다.

만박자는 문득 자신의 얼굴을 덮고 있는 무언가를 발견했다.

—대주?

만박자는 그들의 말을 무시하고 넋이 나간 사람처럼 쓰고 있던 것을 벗었다.

그것은 눈앞에 있는 복면인들과 같은 검은 복면이었다.

그런데 더 이상한 것을 발견했다.

복면을 벗으면서 얼굴을 만졌는데 주름과 하관에 가득해야 할 수염이 없었다.

당황한 만박자 무명은 계곡을 향해 달려갔다.

그리고 계곡 물에 비치는 자신의 얼굴을 바라보았다.

'이게… 대체 뭐야?'

계곡 물에는 젊고 강인한 인상의 사내가 놀란 표정을 짓고 있었다.

더욱 이해하기 힘든 것은 그의 동공이 선명할 정도로 붉은 안광을 띠고 있다는 점이었다.

'이 얼굴은 대체 누구란 말인가?'

혼란스러워하는 무명의 근처로 복면인들이 발소리를 죽이고 조심스럽게 다가왔다.

—역시 맞지?

—대법이 풀린 것 같아.

작게 속삭였지만 무명의 귓가로 정확하게 들려왔다.

그리고 뒤에서 느껴지는 기척의 움직임은 자신을 노리고 있었다.

만박자 무명은 생각할 겨를도 없이 신형을 날려 단숨에 그들의 목을 비틀었다.

콰직!

—컥!

갑작스럽게 두 복면인이 당하자 흩어져 있던 복면인들이 놀라며 만박자 무명을 제압하기 위해 달려들었다.

하지만 어찌 된 일인지는 모르겠지만 무공이 전성기 때와 동일하게 화경에 달해 있는 무명을 복면인들이 당해낼 수 있을 리가 없었다.

순식간에 수십 명에 이르는 복면인을 죽인 무명은 자신의 거친 살수마저도 이해할 수가 없었다.

'내가 어째서 이들을 이렇게……?'

원래 만박자 무명은 정도 무림인들에게 존경받는 인사인 만큼 사파인에게도 함부로 살수를 날리지 않았다.

그런데 그는 마치 살인에 익숙한 사람처럼 복면인들을 죽였다.

마치 자신의 몸이 아닌 것처럼 느껴졌다.

"세뇌… 되었던 겁니까?"

"아마도 혈교의 술법 중 하나였던 것 같네."

석금명의 질문에 만박자 무명이 고개를 끄덕이며 답했다.

무명은 겨우겨우 자신의 살성을 자제해 가며 살려둔 몇 명의 복면인을 심문하여 이 같은 사태가 왜 일어났는지 알아냈다.

"…자네도 알다시피 절곡을 강시의 제조장으로 만들기 위함이었지."

만박자 무명 역시도 천 년 전에 부모와 스승을 통해 강시에 관한 이야기를 들어온 세대였다.

자신이 무슨 짓을 저질렀는지에 대해서 알게 된 무명은 절망하게 되었다.

혈교의 술법으로 세뇌되었는지가 중요한 게 아니었다.

그렇게 명성을 떨치고 자랑스러워하던 진법으로 수를 헤아리기 힘든 사람들을 죽음으로 몰아넣었단 사실이 견딜 수 없었다.

"군사의 의지가 아니지 않습니까?"

"내 의지가 어떻든 그게 중요한 게 아닐세. 무림인 간의 싸움도 아니고 내 손으로 그 많은 민간인을 죽음으로 몰아넣었네."

만박자 무명은 그 사실을 도저히 견딜 수가 없었다.

절망과 슬픔, 자괴감에 빠진 그는 복면인을 다그쳐서 자신을 세뇌시키고 이러한 무서운 일을 꾸민 자들의 근거지와 정체를 알아내려고 했다.

하지만 복면인이 뭔가를 말하려는 순간, 그는 머리가 터져서 죽음을 맞이하고 말았다.

"금제를 당했더군."

남은 복면인들도 마찬가지였다.

뭔가를 말하려는 순간에 복면인들은 비참한 죽임을 당했다.

자신 역시도 금제가 되어 있을까 두려운 마음에 운기를 통해 체내의 십사 경맥을 탐색해 보았으나 다행스럽게도 목숨을 담보로 한 금제는 없었다.

"금제가 없다는 것을 확인하고 나니… 내 자신이 너무도 부끄럽고 비참하더군."

그 짧은 순간에 목숨을 부지하려고 했다.

무림의 명숙으로서 자부심을 가지고 있던 무명은 강한 수치심과 죄책감으로 견딜 수가 없었다.

한참을 시신 앞에서 울부짖던 그는 물속에 비친 자신의 얼굴을 날카로운 돌로 긁어냈다.

그것도 모자라 도저히 참을 수가 없어 그 자리에서 두 눈을 뽑아버리고 말았다.

"도저히 앞을 바라볼 수가 없었지. 현실을 부정하고 싶었다네."

눈을 뽑고도 여전히 절망에 빠져 있던 무명의 귓가로 알 수 없는 소리들이 들려왔다.

그것은 짐승이 울부짖는 소리와도 같았다.

생기라고는 느껴지지 않는 기척들이 움직이며 다가오는 것에 당황한 무명은 그것들이 인간이 아니라는 것을 알아차렸다.

"…강시인 겁니까?"

"그렇다네. 당시에는 몰랐지만 나의 진법으로 몰살당한 사람들은 구천을 떠나지 못하고 망자와도 같은 강시가 되어버렸다네."

"혈교의 저주받은 술법이군요?"

"그렇다네. 혈뇌의 술법이란 말이 처음에는 무슨 말인지 몰랐는데 나중에서야 그것이 인위적으로 강시들을 만들어내는 저주받은 술법임을 알게 되었지."

두 눈을 파냈기 때문에 앞을 볼 수 없던 무명은 자신을 향해 달려드는 강시들을 피해서 도망 다녀야만 했다.

그렇게 도망 다니기를 수일, 수십 일, 수백 일이 지나자 무명은 앞이 보이지 않음에도 불구하고 소리와 기척만으로도 상대의 움직임을 파악할 수 있는 경지에 이르렀다.

"어째서 계곡을 벗어나지 못한 겁니까?"

"…진법이 해제되지 않았네."

세뇌가 풀리기 전에 계곡 전체를 아우르는 진법을 형성해 놓았다.

앞이 보여도 진법을 해제하기가 까다로울 만큼 그 범위가
광활했는데, 두 눈을 뽑은 상태였기에 무명은 오랜 세월 동안
절곡에 갇혀 있을 수밖에 없었다.

"그리고 이들이 강시라는 것을 알게 된 후로 진법을 풀 수
가 없었네."

절곡에 걸려 있는 진법이 풀리는 순간 강시들이 세상 밖으
로 풀려나 일어날 아비규환을 두려워한 무명은 한동안 진법
해지를 꿈도 꾸지 못했다.

"더군다나 혈교에서 계속해서 사람을 보냈기에 그들을 막기
도 벅찼지."

무명은 이것이 자신의 업보라고 생각하여 안에서는 강시들
에게 쫓기고 밖으로는 혈교의 복면인들이 나타날 때마다 그
들을 없애느라 몇 년의 시간을 허비해야만 했다.

그렇게 몇 년을 지내면서 점차 잃은 눈이 방해가 되지 않을
정도로 다른 감각들이 발달하게 된 어느 날.

혈교에서 지금까지와는 비교도 되지 않을 고수를 보내왔다.

"고수라면?"

"그가 바로 그분, 아니, 검마 천영과였지."

혈교는 자신들의 대계를 이루기 위해 절곡이 반드시 필요했
다.

오랜 기간에 걸쳐서 준비하여 계곡 전체를 강시들이 탄생할 만한 조건을 완성시키고 대법도 성공적으로 이루어졌다.

그런데 여기서 문제가 생겨 버렸다.

대법을 행하고 절곡에서 돌아와야 할 대주와 수하들이 복귀하지 않았다.

절곡 내에서 어떤 일이 벌어졌는지 알 수 없던 혈교로서도 섣불리 전력을 투입시킬 수 없었다.

전력에서 크게 흔들리지 않는 범위 내에서 수하들을 파견하여 절곡의 상황을 정탐하게 했다.

하지만 보낸 자들마다 절곡에만 들어가면 소식이 끊기니 결국에는 혈교로서도 극단적인 조치를 취할 수밖에 없었다.

이백 명으로 이루어진 정예무사들과 세 명의 대주, 그리고 그들을 통솔할 금색 가면의 남자를 보냈다.

"눈이 멀었지만 다른 감각들에 익숙해지면서 점차 기감이 넓어졌지."

만박자 무명은 자신이 만든 진법의 문을 누군가 통과하여 팔괘에 변형이 일어나는 것을 감지할 정도로 기감이 예민해졌다.

"이때까지는 많아도 열 명 정도씩 절곡으로 들어왔는데 자그마치 이백 명이 넘는 자들이 침입했지."

"그래서 어떻게 되었습니까?"

석금명도 어느 순간부터는 무명의 회상에 빠져들고 있었다.

무명은 절곡의 상류 쪽으로 들어오는 자들을 피해서 계곡의 중류 쪽으로 도망쳤다.

아무리 화경의 경지라고 해도 이백 명이 넘는 고수들을 동시에 상대하기에는 무리가 있었다.

"그들을 피해서 도망치기 위해 계곡에 있는 동굴에도 숨어 있고 나무 위로도 가보고 온갖 별짓을 다 해보았지. 하지만 소용없었네."

"그분… 때문입니까?"

"맞네. 그분의 기감은 상상을 초월할 만큼 넓더군. 고작 반나절도 버티지 못했네."

한참을 도망치던 무명은 점차 포위망이 좁혀지는 것을 느꼈다.

그리고 얼마 지나지 않아 중류의 한 숲에서 이백 명의 복면인들에게 둘러싸이고 말았다.

이백여 명이나 되는 자들은 한명 한명이 일류에서 절정에 이르는 고수들이었고, 대주급 세 명은 초절정의 고수였다.

'무리다.'

만박자 무명은 더 이상 이들의 손아귀를 벗어날 수 없다고 판단했다.

그를 포위했을 무렵, 그들의 우두머리로 보이는 금색 가면을 쓴 사내가 뒤늦게 모습을 드러냈다.

금색 가면의 사내에게 붉은 혁대를 매고 있는 복면인 대주 중의 한 명이 눈살을 찌푸리며 말했다.

─두 눈을 파내고 얼굴이, 으음, 엉망진창이지만 복색이 분명 만마대가 틀림없습니다.

─…하아, 그래?

금색 가면의 남자는 미성의 목소리를 가진 자였다.

'미성?'

미성(美聲)이라는 말에 석금명이 의아한 표정을 지었지만 무명은 계속 말을 이어갔다.

뒤늦게 나타난 금색 가면의 사내는 뭔가 상태가 나빠 보였다. 복면인 대주의 보고에도 아무 지시를 내리지 않았다.

주르륵!

금색 가면의 끝을 타고 흘러내리는 땀방울 소리가 만박자 무명의 귀로 선명하게 들려왔다.

그만큼 무명의 다른 감각들은 몇 년 새에 초인적으로 발달해 있었다.

─사석, 괜찮으십니까?

─하아, 하아. 본좌는… 괘, 괜찮다.

괜찮다는 말과는 달리 목소리에 힘이 없고 호흡이 많이 거칠었다.

금색 가면의 사내가 뭔가 힘들어 보이자 복면인 대주가 그를 대신해서 무명에게 외쳤다.

―만마대의 그대는 누구인가?

―…무슨 소리를 하는 것이오? 노부는 만마대와는 관련이 없는 사람이오!

―노부? 잠깐 이 목소리?

―만마 대주?

복면인 대주들은 만박자 무명의 목소리에 단번에 그가 누구인지 알아차렸다. 경계심이 가득한 얼굴로 나무를 깎아 만든 목장(木杖)을 들고 주위를 견제하는 만박자 무명의 태도에 그들의 눈빛이 의아함으로 가득 찼다.

―…이래서 복귀하지 않았던 것이군.

―대법이 풀렸네.

―같은 생각일세.

단 한 번의 대화로 그들은 무명의 세뇌가 풀린 것을 알아차렸다. 그런데 어째서 멀쩡한 눈을 판 것도 모자라 얼굴 가죽을 저 지경으로 만들었는지는 알 수가 없었다.

[만마 대주를 다시 데려가서 대법을 심어야 할 것 같은데.]

[아직 두 군데가 더 남았는데. 만마 대주가 없으면 대계가 흔들려.]

[사석께서 몸이 안 좋아 보이니 일단 만마 대주를 제압하고 보세.]

원래는 사석이라 불리는 금색 가면의 사내가 지시를 내려야 했지만 그의 상태가 썩 좋아 보이지 않았다.

결정을 내린 대주들이 수신호를 보내자 이백 명의 무사들이 일제히 움직였다.

만박자 무명은 자신을 향해 달려드는 무사들을 향해 목장을 휘두르며 절초를 펼쳤다.

파파파파팍!

─크아아악!

화경에 이른 그의 목장에 실린 강기에 다섯 명의 몸이 찢겨져 나갔다.

눈이 보이지 않는다고 방심했는데 그의 실력은 여전했다.

무명의 목장이 한 번 움직일 때마다 두세 명의 무사들이 무력하게 나가떨어졌다.

─치잇! 맹인 주제에!

무사들은 그를 무사히 제압하기 위해 살수를 쓰지 않는 반면에 무명은 손에 사정을 두지 않았다. 이대로는 전력만 잃겠다고 판단한 대주 중 한 사람이 외쳤다.

─예비 전력은 뒤로 빠지고 백팔 명은 흑마광풍진을 펼친다!

'흑마광풍진?'

대주의 명이 떨어지자마자 무사들이 일사불란하게 움직이며 진을 형성해 갔다.

백팔 명의 무사가 진을 형성하자 지금까지와는 비교도 안 될 만큼 그 내부가 무거운 진기로 가득 찼다.

'진법인가?'

눈이 보이지 않는 무명이었지만 이 진이 얼마나 위험한지 본능적으로 알 수 있었다. 수많은 기운이 한 몸처럼 뭉쳐져 강한 기운을 발산했다.

—개(開)!

대주의 외침과 함께 진을 형성한 무사들이 삼인 일조로 움직이며 일정한 거리를 유지한 채 무명을 향해 공격해 왔다.

파파파팍!

무명이 강기를 실은 목장으로 이를 막아냈지만 백팔 명이 하나가 되어 펼치는 공력은 화경의 공력마저 넘어서고 있었다.

—크헉!

무명의 입에서 선혈이 흘러내렸다.

그러거나 말거나 흑마광풍진은 빠르게 진행되며 무명을 압박해 왔다.

위기에 빠진 무명은 찰나의 순간 고민에 빠졌다.

만약 이자들에게 붙잡히게 된다면 또다시 세뇌를 당할 것이 자명했다.

'자결만이 답인가?'

강시를 제조할 만큼 위험한 집단이었다.

흑마광풍진을 상대하면서 오래 버티지 못할 거라고 확신한 무명은 자결을 결심했다.

그 순간 누구도 예상하지 못한 일이 일어났다.

촤악!

붉은 혁대의 대주 중 한 사람의 몸이 반 토막으로 갈라졌다.

당황한 다른 두 명의 대주가 보법을 펼치며 거리를 벌렸다.

─사, 사석?

놀랍게도 대주의 몸을 반 토막으로 자른 자는 금색 가면을 쓰고 있는 사석이었다. 사석이라 불린 자는 거추장스럽다는 듯이 얼굴에 쓰고 있는 가면을 벗어 던져 버렸다. 그 안에는 미공자라 할 만큼 잘생긴 청년이 자리하고 있었다.

─하아, 하아…….

사석이라 불린 청년은 뭐가 그리도 고통스러운지 고운 미간을 잔뜩 찌푸린 채 얼굴 전체가 식은땀으로 젖어 있었다.

─사석!

좌측에 서 있는 대주의 외침에 괴로운 표정을 짓던 사석이 눈을 부릅뜨고 반문했다.

─…뭐?

─아, 이런…….

─지금… 누구한테 사석이라고 하는 것이냐?

두 눈의 붉은 안광이 강렬한 살기를 내뿜으며 사석이라 불린 청년의 신형이 순식간에 대주 중의 한 사람과 거리를 좁히더니 이내 그자의 몸을 허리째 베어냈다.

촤악!

─크아아아악!

허리가 베여 상반신이 날아가는 동료의 모습에 경악한 마지막 붉은 혁대의 대주가 목청이 떨어져라 다급한 목소리로 외쳤다.

─사, 사석의 대법이 풀렸다! 다, 당장 사석부터 제압해랏!

대주의 외침에 만박자 무명에게 흑마광풍진을 펼치던 무사들이 당혹스러운 눈빛으로 일사불란하게 움직여 그를 둘러쌌다. 알 수 없는 일이 벌어지자 무명은 영문을 몰라 했다.

─흑마광풍진! 개(開)! 진(陣)!

사석이라 불리는 청년을 둘러싼 무사들이 빠른 속도로 회전하며 일제히 그를 향해 검초를 펼쳤다.

빈틈없이 펼쳐지는 수십 개의 검초가 난무함에도 사석이라 불린 청년의 눈빛에는 일말의 두려움이나 당혹감조차 없었다.

우웅!

사석이라 불린 청년의 검신이 파르르 떨리며 붉게 물들었다. 혈마기가 세밀하게 강기를 이루면서 검신을 둘러싼 것이다.

―흐아아아압!

사석이라 불린 청년이 혈마기로 형성된 강기의 검을 바닥에 내리꽂았다.

푹!

그 순간 검을 중심으로 바닥에서 붉은 빛이 새어 나오더니 바닥의 모래 파편에 혈마기의 강기가 실려 사방으로 수천, 수만 개의 붉은 빛의 선을 만들며 퍼져 나갔다.

촤아아아아아아아!!

―헛?

당황한 무명이 십 성 내공을 끌어 올려 강기로 검막을 만들어내 사방으로 퍼져 나가는 강기가 실린 모래 파편을 막아 냈다.

파파파팡!

―크아아악!

―살려줘!

흑마광풍진을 펼치던 무사들의 입에서 아비규환에 가까운 비명이 터져 나왔다.

한바탕 폭풍이 휩쓸고 지난 것처럼 사방이 초토화되었다.

지독할 정도로 엄청난 위력의 탄산강공(彈散强功)이었다.

―이럴 수가……!

이런 식의 공격은 전생에서도 본 적이 없는 무명은 경악을 금치 못했다. 코끝을 찌르는 지독한 피 냄새가 결과를 말해주고 있었다.

흑마광풍진을 형성했던 백팔 명의 혈교 무사들은 온몸에 세기 힘들 만큼 구멍이 뚫려 비참한 죽음을 맞이하고 말았다.

그것은 대주라고 해도 예외가 아니었다.

얼굴에 촘촘히 구멍이 뚫려서 어떤 표정을 지으며 죽었는지조차 알 수 없었다.

끔찍한 위력의 초식을 펼친 당사자는 아무렇지도 않게 바닥에 꽂혀 있는 검을 뽑아서 주변의 시신들을 무섭게 노려보았다. 그리고 그의 살기 넘치는 눈이 만박자 무명에게로 향했다.

슉!

—헉!

만박자 무명이 미처 대응하기도 전에 사석이라 불린 청년의 몸이 지척에 도착해 검 끝이 목에 닿아 있었다. 날카로운 예기는 언제든지 무명의 목을 찌를 수 있다고 위협했다.

—네놈도 혈교냐?

—혈교? 설마… 노부가 알고 있는 그 혈교를 말하는 것이오?

처음으로 이들의 정체를 알게 된 무명의 목소리가 떨려왔다. 혈교는 그가 무림에 활동하기 전에 멸문한 무림 최악의 단체였다.

정말 아무것도 모르는 듯한 무명의 목소리에 사석이라는

청년이 여전히 강한 살기를 풍기는 목소리로 물었다.

―네놈은 누구지?

―…노, 노부는 위진웅이오.

―위진웅? 만박자?

위진웅.

만박자 무명의 본명이다.

사석이라 불린 청년의 날카롭던 살기가 수그러들었다.

―노, 노부를 알고 있소?

이 저주받은 절곡에서 정신을 차린 이후 처음으로 자신을 알고 있는 자를 만난 놀라움에 무명이 떨리는 목소리로 물었다.

―만박자… 만박… 으으… 크으으윽!

사석이라 불린 청년이 갑자기 고통스러운 표정으로 인상을 찡그리더니 자신의 머리를 양손으로 붙들고 바닥에 쓰러져 미친 듯이 비명을 질렀다.

―끄아아아아아악!

"신기한 일이더군. 노부는 세뇌에서 풀렸을 때 아무것도 기억할 수가 없었는데 그분은 달랐네."

심한 두통을 겪는 것처럼 비명을 질러대던 청년은 얼마 지나지 않아 그것을 멈췄다. 더 이상의 고통은 없는지 흐르던 식은땀조차 멎었는데, 청년은 멍한 눈으로 무어라 중얼거리더니 이번에는 미친 듯이 오열하기 시작했다.

도무지 이해할 수 없는 노릇이었다.

─크아아아아아아!

그 소리는 절규에도 가까웠고, 슬픔, 분노 등 수많은 감정이 복합적으로 묻어나왔다.

하루를 통으로 오열하던 청년은 목에서 피가 터져 나올 때까지 통곡을 멈추지 않았다. 듣기 좋던 미성은 어느새 쩍쩍 갈라져 듣는 사람으로 하여금 소름 끼치는 목소리가 되어갔다.

"그렇게 하루를 내리 오열하고… 이틀째는 멍하니 하늘만을 쳐다보고 있고, 사흘째 되는 날 그분이 입을 열었지."

만박자 무명이 석금명에게 그때를 떠올리며 말했다.

─만박자.

목이 망가질 때로 망가진 청년이 그를 불렀다.

─저, 정신이 들었소?

─이곳은 어디지?

─여, 여기가 어딘지는 노부도 잘 모르겠소. 중원 어딘가에 있는 계곡임은 틀림없소.

만박자 무명은 세뇌가 풀린 후에는 아무것도 기억하지 못했다. 눈을 떴을 때 이미 대형 진법과 혈교의 술법이 완료된 상태였다.

─세뇌 술법이 풀리기 전의 일은 아무것도 기억하지 못하나?

―세뇌 술법?

―역시 기억 못하는군. 만마 대주라는 말도 기억나지 않나?

―…아무것도 기억나지 않소.

사석이라 불린 청년은 만박자 무명이 세뇌 술법에 걸려서 만마대의 대주로 활동했다는 사실을 기억하고 있었다.

만박자 무명은 그때 사석이라 불린 청년에게 물었다.

―그대는 날 알고 있지만 노부는 그대를 모르오.

―…천영과다.

―천영과? 천영과라면 설마……?

눈을 파내지 않았더라면 휘둥그레지지 않았을까.

만박자 무명이 정도와 사파의 격전지인 북무림에서 명성을 떨칠 무렵, 남무림에 대단한 살성(殺星)이 나타났다는 소문이 퍼졌다.

살성이라 불린 자는 무림에 출두하자마자 수많은 고수들과 비무를 하여 상대를 한 사람도 남김없이 죽이면서 그 악명을 떨쳤다. 이때 등장한 살성은 무서운 검술 실력을 지녔기에 처음에는 검귀라 불렸다.

하지만 검귀라는 별호도 그리 오래가지 않았다.

그것은 검귀라 불리는 자에게 정도 무림의 수호자라 할 수 있는 소림의 십계승이 전부 살해당하는 최악의 사건이 일어났기 때문이다.

그때 검귀의 별호가 검마(劍魔)로 바뀌게 된다.

―거, 검마!

―역시 알고 있군.

그 당시에 활동한 무림인치고 검마를 모르는 이가 있겠는가. 그는 동시대 무림을 활보한 고수 중 '만약 검마가 선마혈(仙魔血) 시대에 활동했다면 과연 어땠을까?'라는 말이 나온 유일한 검수였다.

"스승님께선 대단한 분이셨군요."

석금명이 그의 위명에 놀라움을 금치 못했다.

무림에서 오황급의 무인이 아니라면 과연 누가 십계승을 동시에 상대할 수 있을까?

당시의 오황이라고 보아도 무방했다.

"그랬지. 하지만 지금 현 무림인 중에 검마를 기억하는 이가 있는가?"

그 말에 석금명이 고개를 저었다.

생각해 보니 그 정도로 뛰어난 무인이라면 무림사에 한 획을 그었을 텐데 명성은커녕 이름조차 들어본 적이 없었다.

"소림의 십계승을 살해한 것이 컸네. 소림은 정도 무림의 정신이자 중심이었지."

소림의 십계승을 살해하자 분노한 정도인들은 그를 무림의 공적으로 지정하고 추살령을 내렸다.

소림의 백팔나한진을 비롯한 검선의 후인, 수많은 정도의 인사들을 상대하며 도망치던 검마는 끝내는 비참한 최후를 맞이하고 말았다.

무림에 출두한 지 불과 일 년 만에 검마는 악명만 떨치다 사라졌다.

그 등장은 강렬했으나 공적이 된 검마의 이름은 무림사에 남지 못했다. 그렇기에 현 세대의 무림인들은 검마의 존재를 알지 못하는 것이었다.

"당시 그분의 행보는 마치 불나방과도 같았지."

"불나방?"

"죽음을 향해 달려가는 나방과도 같았어. 앞뒤를 가리지 않고 살성으로 살아갔기 때문에 그렇게 빠르게 산화할 수밖에 없었지."

검마의 행보는 파격적이다 못해 정말로 죽음을 향해 달려가는 것만 같았다

마치 그 스스로 생의 끝을 바라는 것처럼 말이다.

사파에서 악명을 떨치는 마두들조차 그렇게까지 하진 못했다. 문득 석금명이 한 가지가 궁금했는지 물었다.

"같은 시대에 활동했다면 군사는 그분과 마주치지 않았습니까?"

"한 번도 마주치지 못했네."

아주 공교로운 일이었다.

당시에 만박자는 무림뿐만이 아니라 황실에도 그 뛰어난 학식과 병법을 인정받아 황자들의 스승으로 초빙을 받았기 때문이다.

덕분에 두 사람은 서로에 대한 위명은 들어왔지만 만나지 못한 채 결말을 맞고 말았다. 그렇게 천 년이 지나서야 같은 시대를 살아온 사람들이 만났다.

"솔직히 그가 검마라는 것을 알았을 때 매우 당혹스러웠지."

만박자 무명이 기억하는 검마는 최악의 살성이자 무림의 공적이었다.

정체를 알고 나니 경계심이 생길 수밖에 없었다.

그러나 그것은 그리 오래가지 않았다.

─나를 두려워하나?"

검마 천영과의 소름은 끼쳤지만 부드러운 첫 마디를 듣는 순간 그에 대한 두려움보다 호기심을 느끼게 되었다.

만박자 무명은 그날 처음으로 만난 동시대를 살아온 살성과 긴 대화를 나누었다.

그가 소문으로 들어온 것과 달리 검마는 누구보다도 섬세한 성격에 복잡하면서 굴곡진 인생을 살아왔다.

"노부가 탄탄대로를 걸었다면 그의 길은 가시밭이었지."

"아까 전에 얘기한 천마의 아들이라는 것 때문입니까?"

"…그렇다네."

모든 진실을 그에게 들어왔기 때문에 검마 천영과가 어째서 무림을 증오하고 괴로워하는지는 잘 알고 있는 만박자 무명이었다.

"그보다도 검마는 세뇌된 동안 혈교에서 중요한 역할을 맡아왔지."

만박자 무명은 며칠 동안 검마와 대화를 나누며 그가 부활한 혈교라는 단체에서 수뇌부인 사혈로 중의 한 사람으로 군림해 왔다는 사실을 알게 되었다.

"그분께서 혈교의 수뇌부였다고요?"

석금명이 놀란 눈으로 물었다.

스승인 검마가 혈교와 관련이 있을 줄은 짐작했지만 설마 수뇌부일 거라고는 상상하지 못했다.

"세뇌를 당했다고 하지 않았습니까?"

혈교에서 부활시킨 과거의 고수를 무슨 이유에서 수뇌부로 쓴단 말인가.

더군다나 세뇌를 시킬 정도라면 멀쩡한 상태에서는 통제할 수 없다고 판단했기 때문일 것이다.

날카로운 석금명의 질문에 만박자 무명이 고개를 저으며 답했다.

"그것은… 이야기해 줄 수가 없네."

"네?"

"그분과 약조한 일이니 양해해 주길 바라네."

검마 천영과는 자신의 과거를 누구도 알기를 원하지 않았다. 그것은 유일한 제자라는 위치에 있는 석금명 또한 마찬가지였다.

혈교의 수뇌부로 지내온 검마는 많은 기억을 가지고 있었으나, 혈교의 근거지를 비롯해 중요한 정보들은 기억해 내지 못했다.

"나중에 알게 되었지만 그것은 세뇌 술법이 풀리게 될 경우 중요한 정보를 잊도록 금제가 되어 있었기 때문이라네."

검마는 현세에 부활한 혈교가 여전히 무림을 절멸시키려 한다는 사실을 기억하고 있었다.

그 이야기를 들은 만박자 무명은 이것이 보통 일이 아니라고 생각했다.

무림에 다시 피바람이 불지도 모른다고 여긴 그는 현 무림의 정도 수뇌부에게 이 사실을 알려야 한다고 주장했다.

그러나 검마의 의견은 달랐다.

—…혈교의 주장이 틀린 것은 아니다.

놀랍게도 검마는 혈교의 무림 절멸을 찬성했다.

—모든 만악(萬惡)의 근원은 힘을 가진 무림인들에게 있다.

언제나 피해를 보는 이들은 힘이 없고 아무것도 가지지 못한 자들이지.

혈교에 못지않게 검마는 무림에 대한 증오심이 깊었다.

검마는 혈교와 더불어 모든 무림인이 중원에서 사라지길 원했다.

처음에는 검마의 극단적인 의견에 찬성하지 못하던 만박자 무명은 시간이 흐를수록 생각이 변할 수밖에 없었다.

"노부 스스로 자승자박하게 되더군."

만박자 무명은 세뇌되었다고는 하나 자신의 진법으로 죽은 민간인들을 떠올렸다.

그가 없었다면 이들이 이런 비참한 죽음을 맞았을 리가 없었다.

검마의 말대로 힘을 가진 이들이 많을수록 고래 싸움에 새우 등이 터지듯 정작 피를 흘리는 것은 민초가 될 것이다.

"결국 노부도 그분의 말대로 무림은 절멸되어야 한다고 믿게 되었지. 지금도 그것이 옳다고 생각하네."

"…그건 저 역시도 마찬가지입니다."

석금명 역시도 힘을 갖기 위해 자신의 어버이를 죽인 검황을 증오했다.

그 증오는 갈수록 커져가 스승의 사상에 동조될 정도였다.

검마와 만박자 무명은 거대한 진법으로 둘러싸인 절곡에서 앞으로의 일을 계획하기 시작했고, 그것이 지금의 혈교와 무림을 상충시켜 절멸하는 계획으로 발전하게 되었다.

"그분과 함께 준비한 모든 것이 이제 종장으로 치닫고 있네. 노부가 지금까지 다시 죽고 싶어도 버틴 것은 전부 이 날만을 위함일세."

이제 혈교는 자신들이 가진 힘의 칠 할 가까이를 잃었다.

예상하지 못한 변수들이 나타나면서 그것은 더욱 가속화되었다. 지금이라면 혈교와 남은 무림의 세력들과 부딪치게 된다면 충분히 양패구상을 기대해도 좋을 만큼 모든 세력의 힘이 크게 줄었다.

"그런데 아까 전에 하신 말씀은 정말입니까?"

"그분의 행방을 묻는 겐가?"

"네. 그분이 잘못된다면 모든 일이 틀어지지 않습니까?"

원래의 계획은 무림맹과 마교, 그리고 혈교가 마지막 혈전을 통해 힘을 잃게 된다면 그것을 검마를 필두로 정리하는 것이 최종 계획이었다.

그런데 정작 검마는 행방불명이 되고, 만박자 무명은 남아 있는 전력을 전부 끌어 모아 마교에 동맹을 요청하러 왔다.

"그분이 잘못되었을 경우를 위한 차선책이네."

"차선책?"

"그분이 혈교를 추적하기 전에 노부에게 내린 명일세."

그것은 만약 검마 본인이 혈교를 추적하는 과정에서 잘못
된다면 마교와 동맹을 맺어서 혈교를 우선적으로 멸하라는
명이었다. 비록 자신들의 대의를 위해 혈교처럼 무림을 절멸
시키는 것이 목적이라고는 하나, 최종 목적은 혈교였다.

　마지막 대전쟁에서 혈교가 살아남을 경우 무림뿐만이 아니
라 중원 전체의 민초들이 위험해질 수 있었다.

　"이제 모든 것은… 그자의 결정에 달렸군요."

　"그렇다네. 모든 것은 천마의 결정에 따라 이것이 혈교의 끝
이 될지 아니면 기나긴 전쟁으로 이어질지가 판가름 날 걸세.
그는 그분과의 해후를 위해서라도 움직일 걸세."

　만박자 무명은 천마가 반드시 자신들과 동맹을 하리라 확
신했다. 혈교, 그리고 검마 천영과와의 복잡하게 엉킨 악연의
실타래를 풀기 위해서라도 말이다.

　한편, 두 사람이 머무는 숙소에서 얼마 떨어지지 않은 곳에
서는 자욱한 연기가 끊이지 않고 있었다.

　"후우."

　그것은 천마의 입에서 뿜어져 나오는 담배 연기였다.

　천마는 귀에 개방했던 원영신을 닫았다.

　충격을 받은 듯 급히 숙소를 떠나는 척했지만 실상은 바깥
에서 그들이 대화를 나누기를 계속 기다려 온 천마였다.

덕분에 만박자 무명의 과거 회상을 통해 많은 것을 알게 되었다.

"늙은이 주제에 잔머리 굴리기는."

이 모든 대화가 만박자 무명이 석금명이 아닌 천마 자신이 들으라고 한 말이라는 사실을 깨닫게 되었다.

명색이 만박자라는 칭호를 가진 무명이 중요한 수뇌부를 같은 방에 구금시켜 정보를 누설하게 만드는 단순한 하책에 쉽게 넘어갈 리가 없었다.

『천마님, 부활하셨도다』 13권에 계속…

이제부터 전자책은

이젠북

www.ezenbook.co.kr

새로운 세계가 열린다!

김재한 『성운을 먹는 자』	철백 『대무사』
니콜로 『마왕의 게임』	가프 『궁극의 쉐프』
이경영 『그라니트:용들의 땅』	문용신 『절대호위』
탁목조 『일곱 번째 달의 무르무르』	천지무천 『변혁 1990』
강성곤 『메이저리거』	SOKIN 『코더 이용호』

이름만 들어도 황홀할 정도의 별들의 향연!
이들의 "유료연재"가 시작됩니다!

검색창에 **이젠북**을 쳐보세요! ▼

초대형 24시 만화방

신간 100%, 샤워실, 흡연실, 수면실(침대석), 커플석, 세탁기 완비

■ 광명 광명사거리역점 ■

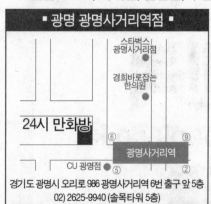

경기도 광명시 오리로 986 광명사거리역 6번 출구 앞 5층
02) 2625-9940 (솔목타워 5층)

■ 강북 노원역점 ■

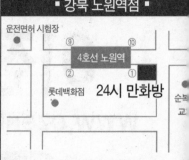

서울 노원구 상계동 340-6 노원역 1번 출구 앞 3층
02) 951-8324 (화용빌딩 3층)

■ 일산 정발산역점 ■

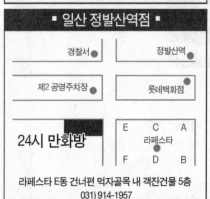

라페스타 E동 건너편 먹자골목 내 객잔건물 5층
031) 914-1957

■ 일산 화정역점 ■

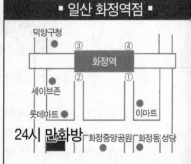

경기도 고양시 덕양구 화정동 984번지 서일빌딩 7층
031) 979-4874 (서일사우나 건물 7층)

■ 부천 역곡역점 ■

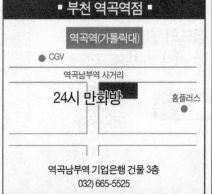

역곡남부역 기업은행 건물 3층
032) 665-5525

■ 부평역점 ■

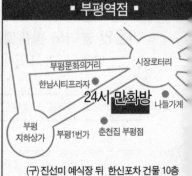

(구) 진선미 예식장 뒤 한신포차 건물 10층
032) 522-2871

신가 新무협 판타지 소설

FANTASTIC ORIENTAL HEROES

홍원

원치 않은 의뢰에 대한 거부권,
죽어 마땅한 자에 대한 의뢰만 취급하겠다는 신념.
은살림(隱殺林) 제일 살수, 살수명 죽림(竹林).
마지막 의뢰를 수행하던 중, 괴이한 꿈을 꾼다.

"마지막 의뢰에 이 무슨 재수 없는 꿈인가."

그리고 꿈은, 그의 삶을 송두리째 뒤바꾼다.
하나의 갈림길, 또 다른 선택.
그 선택이 낳는 무수한 갈림길……

살수 죽림(竹林)이 아닌,
사람 장홍원의 몽환적인 여행이 시작된다!

Book Publishing CHUNGEORAM

유행이 아닌 자유추구 -
WWW.chungeoram.com

천마신교 낙양지부

정보석 新무협 판타지 소설

FANTASTIC ORIENTAL HEROES

무협武俠의 무武란 무엇을 뜻하는가?
바로 자신의 협俠을 강제強制하는 힘이다.

자신을 넘어, 타인을 통해, 천하 끝까지 그 힘이 이른다면,
그것이 곧 신神의 경지.

일개 인간이 입신入神하기 위해
필요한 것은 무엇인가?

지금, 그 답을 찾기 위한
피월려의 서사시가 시작된다!

전생부터 다시

FUSION FANTASTIC STORY

홍성은 장편소설

죽음으로 모든 걸 끝내고 싶지 않아
인간으로 환생하게 된 대마법사, 로렌 하트.

그러나 알 수 없는 괴물의 등장으로 인해 인류가 멸망해 버리고
홀로 살아남은 그는
고독과 외로움에 다시 한 번 더 환생을 결심하는데……

하지만 현생을 반복하는 것만으로는 의미가 없다.
시간을 되돌려 대마법사가 되기 전의 시절로 되돌아갈 것이다!

대마법사 로렌 하트, 전생부터 다시 시작한다!

Book Publishing CHUNGEORAM

유행이 이닌 자유추구 -
WWW.chungeoram.com

탑 레시피가 보여!

FUSION FANTASTIC STORY

레오퍼드 장편소설

잔혹한 음모에 휘말려 모든 걸 잃은
칼질의 고수, 요리사 강호검.
그의 앞에 두 가지 기적이 벌어졌으니!

"내 손… 하나도 안 떨잖아……"

인생의 전성기로 되돌아온 그와
그의 앞에 나타난 기물(奇物), 요리사의 돌!

"네가 최고의 요리사가 되는 것이
이 아버지의 꿈이란다."

돌아가신 아버지와 자신의 꿈을 좇아
그가, 세계 최고의 자리로 향하기 시작한다.

Book Publishing CHUNGEORAM

유행이 아닌 자유추구 —
WWW.chungeoram.com